DE WEENSE SIGARENBOER

ROBERT SEETHALER BIJ DE BEZIGE BIJ

Een heel leven

Robert Seethaler

De Weense sigarenboer

Vertaald door
Liesbeth van Nes

2017
DE BEZIGE BIJ
AMSTERDAM

Deze vertaling is tot stand gekomen met steun van het Oostenrijkse Bundesministerium für Kunst und Kultur.

De vertaler ontving voor deze vertaling een werkbeurs van het Nederlands Letterenfonds.

Nederlands letterenfonds
dutch foundation
for literature

Oorspronkelijke titel *Der Trafikant*
Oorspronkelijke uitgever Kein & Aber, Zürich
Omslagontwerp Moker Ontwerp
Foto auteur Urban Zintel
Vormgeving binnenwerk Adriaan de Jonge
Druk Bariet Ten Brink, Meppel
ISBN 978 90 234 7160 8
NUR 302

debezigebij.nl

Voor Leo

Op een zondag in de late zomer van 1937 trok er over Salzkammergut een ongewoon hevig onweer, dat het tot dan toe tamelijk saai voortkabbelende leven van Franz Huchel even onverwacht als ingrijpend zou veranderen. Al bij het eerste verre rollen van de donder was Franz naar het vissershuisje gerend dat hij en zijn moeder in het plaatsje Nußdorf am Attersee bewoonden en was diep in zijn bed weggekropen om in de bescherming van het warme, donzen hol naar het onheilspellende geraas te luisteren. Het weer wrikte van alle kanten aan de hut. De balken kraakten, buiten rammelden de vensterluiken en boven hem klapperden de met dik mos begroeide houten dakspanen in de storm. De windvlagen geselden de regen tegen de ruiten en een paar onthoofde geraniums liepen onder in hun bakken. Aan de wand boven de kist met oude kleren bewoog de ijzeren Christus, alsof hij zich elk moment kon losrukken van zijn spijkers en van het kruis kon springen; aan de oever dichtbij was het beuken van de vissersboten te horen, die door de opgezweepte golven tegen hun meerpalen werden geslingerd.

Toen het onweer eindelijk was uitgewoed en een eerste schuchtere zonnestraal over de roetzwarte, door generaties zware visserslaarzen uitgesleten vloerplanken naar zijn bed toe beefde, rolde Franz zich in een opwellinkje van weldadigheid op, alleen om meteen daarna zijn hoofd onder het dek uit te steken en om zich heen te kijken. De hut was blijven staan, Jezus hing nog altijd aan het kruis en door het met waterdruppels bespatte raam glansde één enkel geraniumbloemblaadje als een lichtrood sprankje hoop.

Franz kroop uit bed en liep naar de kookhoek om de kan koffie met volle melk op te warmen. Het brandhout onder het fornuis was droog gebleven en vlamde op als stro. Een tijdje staarde hij naar het heldere geflakker, tot met een onverwacht gekraak de deur openvloog. In het lage deurkozijn stond zijn moeder. Mevrouw Huchel was een tengere vrouw van in de veertig, nog altijd heel aantrekkelijk, hoewel ook een beetje uitgemergeld zoals de meeste inwoners, die het was aan te zien dat ze werkten in de omringende zoutmijnen, de veestallen of de keukens van de herbergen voor de zomergasten. Ze stond daar met een hand tegen de deurpost geleund, hijgend en met licht gebogen hoofd. Haar schort kleefde aan haar lijf, haar haar hing in warrige slierten over haar voorhoofd en van haar neuspunt drupte het water neer. Op de achtergrond rees somber de Schafberg op naar het wolkengrijs waarin hier en daar alweer puntjes blauw tevoorschijn kwamen. Franz moest denken aan het onbeholpen houtgesneden Mariabeeld dat iemand in oude tijden eens aan het deurkozijn van de kapel in Nußdorf had gespijkerd en dat intussen zo was verweerd dat het bijna volkomen onherkenbaar was geworden.

'Nat geworden, mama?' vroeg hij en met een groene twijg pookte hij in het vuur van het fornuis. Zijn moeder keek op en toen zag hij dat ze huilde. Haar tranen vermengden zich met het regenwater en haar schouders beefden.

'Wat is er gebeurd?' vroeg hij geschrokken en hij propte de twijg in het vuur, dat begon te walmen. In plaats van een antwoord duwde zijn moeder zich van het kozijn af, liep wankel een stukje op hem af, maar bleef midden in de kamer weer staan. Ze leek een moment zoekend om zich heen te kijken, toen hief ze haar handen in een hulpeloos gebaar en liet zich voorover op haar knieën vallen.

Aarzelend liep Franz naar haar toe, legde zijn hand op haar hoofd en begon onhandig haar haar te strelen.

'Wat is er gebeurd?' herhaalde hij schor. Opeens vond hij zichzelf vreemd en stumperig. Tot nu toe was het andersom geweest, had hij gejammerd en had zijn moeder hem gestreeld. Onder zijn vlakke hand voelde haar hoofd teer en breekbaar aan, het klopte warm onder haar hoofdhuid.

'Hij is verdronken,' zei ze zacht.

'Wie?'

‘Preininger.’

Franz stokte. Een paar seconden liet hij zijn hand nog op haar hoofd liggen, toen trok hij hem terug. Zijn moeder streek de slierten van haar voorhoofd. Toen stond ze op, pakte een punt van haar schort en veegde daarmee over haar gezicht.

‘Je zet de hele hut onder de rook!’ zei ze, pakte de groene twijg uit het fornuis en pookte het vuur op.

Alois Preininger was naar eigen zeggen de rijkste man in Salzkammergut. In werkelijkheid was hij niet meer dan de op twee na rijkste, wat hem weliswaar mateloos ergerde, maar hem ook tot de beroemde en beruchte eerzuchtige dwarskop had gemaakt die hij was. Hij bezat een paar hectaren bos- en weideland, een zagerij, een papierfabriek, de vier laatste visserijbedrijven van de streek, een onbekend aantal kleinere of grotere percelen aan het meer met de bijbehorende bebouwing en ook nog twee veerboten, een plezierboot en de enige auto in een omtrek van naar men zei meer dan vier kilometer: een prachtige, bordeauxrode wagen van het merk Austro-Daimler, die echter vanwege de door de aanhoudende regen, typisch voor Salzkammergut, constant weggespoelde straten in een roestige barak van plaatstaal stond te vegeteren.

Zijn zestig jaar was Alois Preininger niet aan te zien, zijn vlees was nog altijd stevig. Hij hield van zichzelf, van zijn geboortestreek, van lekker eten, sterkedrank en mooie vrouwen. Al was dat mooie nogal subjectief en daarom relatief. In feite hield hij van alle vrouwen, omdat hij nu eenmaal alle vrouwen ook mooi vond. Franz' moeder had hij jaren geleden bij het grote Attersee-feest leren kennen. Ze stond onder de oude linde, droeg een hemelsblauwe jurk en haar onderbenen waren even lichtbruin, glad en gaaf als het met hout beklede stuur van de Austro-Daimler. Hij bestelde versgebakken vis, een kruik vruchtenwijn en een fles kirsch, en terwijl ze aten en dronken, probeerden ze in het begin elkaars blikken helemaal niet te vermijden. Kort daarna dansten ze de polka en later zelfs een paar walsen, en ze fluisterden elkaar daarbij geheimpjes in het oor. Toen wandelden ze arm in arm rond het met sterren bespikkelde meer, onverhoeds was daar de blikken barak en meteen daarop de achterbank van de Austro-Daimler. Die was breed genoeg, was van zacht leer en de bladveren waren goed gesmeerd, alles bij elkaar genomen was de nacht een succes. Van toen af troffen ze elkaar steeds weer in de barak. Het waren korte, eruptieve botsingen, waar geen eisen en geen verwachtingen aan waren verbonden. Maar voor mevrouw Huchel hadden deze aangenaam doorzwete bijeenkomsten op de achterbank nog een extra, bijna nog aangenamer neveneffect: stipt aan het eind van elke maand wapperde er bij de Nußdorfer spaarbank een cheque met een niet onaanzienlijk bedrag binnen. Die regelmatige geldregen maakte het haar mogelijk de voormalige vissershut aan de oever van het meer te betrekken, eenmaal per dag warm te eten en tweemaal per jaar met de bus naar Bad Ischl te rijden, waar ze zich in Café Esplanade een warme chocola gunde en in de ernaast gelegen stoffenwinkel een paar meter linnen voor een nieuwe jurk. Haar zoon Franz op zijn beurt had van Alois Preiningers gulle gaven het voordeel dat hij niet als alle andere jonge knapen de hele dag in een of andere zoutmijn of mesthoop hoefde rond te kruipen om een karig inkomen te verdienen. In plaats daarvan kon hij van vroeg tot laat door het bos wandelen, op een van de houten vlonders de zon op zijn buik laten schijnen of bij slecht weer gewoon in bed blijven liggen en zich overgeven aan zijn gedachten en zijn dromen. Maar dat was nu afgelopen.

Zoals al bijna veertig jaar – alleen onderbroken door een paar storende gebeurtenissen, zoals de Eerste Wereldoorlog of de uitslaande brand in de zagerij – had Alois Preininger ook deze zondagochtend aan zijn stamtafel in de herberg Zum Goldenen Leopold doorgebracht, had reerug met rode kool en servettenknoedels, plus acht kroezen bier en vier dubbel gedistilleerde borrels genuttigd en met zijn diepe, tremulerende basstem van allerlei belangrijks ten beste gegeven over de instandhouding van het Opper-Oostenrijkse volkseigen, het zich als schurft over heel Europa uitbreidende bolsjewisme, de achterlijke Joden, de nog achterlijker Fransen en de welhaast onbeperkte ontwikkelingsmogelijkheden van de toeristenindustrie. Toen hij ten slotte rond twaalven wat slaperig over de oeverweg naar huis wankelde, was het om hem heen merkwaardig stil. Geen vogel was er te zien, geen insect te horen, en zelfs de bromvliegen die in de herberg nog rond zijn van zweet glanzende nek hadden gegonsd, waren verdwenen. De hemel hing zwaar boven het meer, het wateroppervlak lag er volkomen glad bij. Zelfs het riet bewoog niet. Het was of de lucht was gestold en het hele landschap met haar stille roerloosheid omgaf. Alois dacht aan de varkenszult in Zum Goldenen Leopold die hij had moeten bestellen, in plaats van de reerug, die hem nu ondanks de dubbel gedistilleerde borrels als een baksteen op de maag lag. Met zijn hemdsmouw veegde hij het zweet van zijn voorhoofd en hij keek over het wateroppervlak, dat zich fluweelzacht en zwartblauw voor hem uitstrekte. Toen kleedde hij zich uit.

Het water was aangenaam koel. Alois zwom met rustige slagen en ademde uit in de geheimzinnige, donkere diepte onder hem. Toen hij ongeveer in het midden van het meer was gekomen, vielen de eerste druppels en na nog eens vijftig meter kwam het al met bakken uit de hemel. Het petste gelijkmatig op het wateroppervlak, zware druppels sloegen in, dikke snoeren regen, die de verbinding vormden tussen het zwart van de hemel en het zwart van het meer. Wind stak op en werd al snel een storm, die de golfkammen tot schuim sloeg. Een eerste bliksemschicht hulde het meer een ogenblik in een onwerkelijk, zilverig licht. De donder was oorverdovend. Een dreunen dat de wereld uit elkaar leek te scheuren. Alois begon te lachen en plonsde wild met zijn armen en benen. Hij schreeuwde van genot. Nog nooit had hij zich zo levend gevoeld. Het water om hem heen borrelde, de hemel boven hem stortte in elkaar, maar hij leefde. Hij leefde! Hij hief zijn bovenlichaam op uit het water en jubelde naar de wolken boven hem. Precies op dat moment trof de bliksem zijn hoofd. Een stralend licht vervulde zijn schedel en gedurende een fractie van een seconde voelde hij iets als een vermoeden van eeuwigheid in zich opwellen. Toen stond zijn hart stil, en met een verbaasde uitdrukking op zijn gezicht zonk hij gehuld in een sluier van zacht glinsterende luchtbelletjes naar de bodem.

De begrafenis vond plaats op het algemene kerkhof van Nußdorf en was goed bezocht. Er waren veel mensen uit de streek gekomen om afscheid te nemen van Alois Preininger. Er verzamelden zich vooral opvallend veel zwart gesluierde vrouwen om het graf. Er werd veel gehuild en gesnikt, en Horst Zeitlmaier, de voorman met de meeste dienstjaren op de zagerij, legde de drie vingerstompjes van zijn rechterhand op zijn borst en kreeg er met trillende stem moeizaam een paar woorden uit. 'Preininger was een goed mens,' zei hij, 'hij heeft voor zover we weten nooit iemand bestolen of bedrogen. En van zijn geboortestreek hield hij als geen ander. Al als kleine jongen sprong hij graag het meer in. Afgelopen zondag voor de allerlaatste keer. Nu woont hij bij Onze-Lieve-Heer en we wensen hem het allerbeste. In naam van de Vader, de Zoon en de Heilige Geest. Amen!'

'Amen!' antwoordden de anderen. 'En altijd nog zo'n gezonde eetlust!' fluisterde iemand, en de omstanders knikten getroffen. Onder een van de zwarte sluiers was een gesmoorde snik te horen, hier en daar werden nog een paar woorden gewisseld – toen ging men uiteen.

Op weg naar huis tilde Franz' moeder haar sluier op en knipperde met rode ogen tegen het zonlicht. Het meer lag er rustig en dofglanzend bij. In het ondiepe water stond een reiger en wachtte roerloos op de volgende vis. Een van de veerboten aan de overkant toeterde voor het vertrek. De Schafberg stond er als geschilderd achter en zwaluwen flitsten door de heldere lucht.

'Preininger is gestorven,' zei ze en ze legde haar hand op Franz' bovenarm, 'en de tijden worden er niet beter op. Er hangt wat in de lucht.' Onwillekeurig richtte Franz zijn blik omhoog. Maar daar was niets te zien. Zijn moeder zuchtte. 'Je bent nu al zeventien,' zei ze. 'Maar je handen zijn nog even fijn. Fijn en week en wit, als van een meisje. Iemand als jij kan niet in het bos werken. Op het meer al helemaal niet. En met iemand als jij kunnen de zomergasten ook niets beginnen.' Ze waren intussen blijven staan, nog steeds lag haar hand warm en licht op zijn arm. Aan de overkant was het veer afgestoken en begon langzaam over het meer te stampen.

'Ik heb eens nagedacht, Franzl,' zei zijn moeder. 'Ik heb een oude vriend. Die heeft een eeuwigheid geleden een seizoen bij ons in het meer rondgepoedeld. Otto Trsnjek heet hij. En deze Otto Trsnjek heeft midden in

Wenen een sigarenzaakje. Een echt sigarenzaakje, met kranten, sigaretten en alles erop en eraan. Dat zou op zich al niet verkeerd zijn, maar wat het allemaal nog veel mooier maakt is dat hij me nog iets schuldig is.'

'Waarvoor dan?'

Zijn moeder haalde haar schouders op en schikte met haar vingertoppen een vouw in haar sluier recht. 'Het was toen een warm seizoen, en we waren jong en lichthoofdig...'

Aan de oever bewoog de reiger zijn kop opeens schokkerig, stak zijn snavel een paar keer in de lucht, sloeg zijn vleugels uit en vloog weg. Ze volgden zijn vlucht een tijdje tot hij ten slotte naar beneden dook en achter de rietkraag verdween.

'Maak je niet ongerust, Franzl, dat was lang voordat jij me in de schoot viel,' zei ze. 'In elk geval heb ik hem geschreven. Otto Trsnjek, bedoel ik. Of hij werk voor je heeft.'

'En?'

In plaats van te antwoorden greep zijn moeder onder haar zwarte gebreide vest en haalde een officieel uitziend stuk papier tevoorschijn. Het was een telegram met blauwe, keurig nette drukletters: LAAT DE JONGEN KOMEN STOP MAAR NIET TE VEEL VERWACHTEN STOP DANK STOP OTTO STOP.

'En wat betekent dat nu?' vroeg Franz.

'Dat betekent dat je morgen naar Wenen vertrekt!'

'Morgen? Maar dat gaat toch niet...' stamelde hij geschrokken. Het volgende moment gaf ze hem zonder iets te zeggen een draai om zijn oren. De klap trof hem zo plotseling dat hij twee stappen opzij tuimelde.

De volgende dag zat Franz in de vroege trein naar Wenen. De dertien kilometer naar het station van Timelkam hadden zijn moeder en hij te voet afgelegd om geld uit te sparen. De trein was precies op tijd, het afscheid kort, uiteindelijk was alles gezegd en gedaan. Ze kuste zijn voorhoofd, hij deed een beetje chagrijnig, knikte naar haar en stapte in. Terwijl de oude diesellocomotief vaart maakte, stak Franz zijn hoofd uit het raam en zag zijn zwaaiende moeder op het perron steeds kleiner worden tot ze ten slotte helemaal verdween, een onduidelijke vlek in het zomerochtendlicht. Hij liet zich op zijn stoel vallen, sloot zijn ogen en ademde zo lang uit dat hij er een beetje duizelig van werd. Pas tweemaal in zijn leven was hij Salzkammergut uit geweest, ze waren een keer naar Linz gegaan om voor zijn eerste schooldag een pak te kopen en de tweede keer gingen ze met schoolreisje naar Salzburg, waar ze naar een naargeestig concert van een blaasorkest luisterden en de rest van de dag tussen oude muren hadden rondgestrompeld. Maar dat waren uitstapjes geweest, meer niet. 'Dit is iets anders,' zei hij zachtjes tegen zichzelf, 'iets heel anders!' Voor zijn innerlijk oog dook de toekomst op als een ver verwijderde strook oever uit de morgennevel, nog een beetje onduidelijk en schimmig, maar toch ook veelbelovend en mooi. En opeens voelde alles op de een of andere manier luchtig en prettig aan. Het was alsof met de vervaagde gestalte van zijn moeder ook een groot deel van zijn eigen gewicht op het perron van Timelkam was achtergebleven. Licht als een veertje zat Franz nu in de coupé, voelde het ritmische geratel onder zijn achterste en raasde met de onvoorstelbare snelheid van bijna tachtig kilometer per uur naar Wenen.

Toen de trein anderhalf uur later de bergen van de Voor-Alpen uit reed en het Neder-Oostenrijkse heuvellandschap zich breed en licht voor hem ontvouwde, had Franz de complete inhoud van het proviandpakket van zijn moeder al achter elkaar opgegeten en voelde hij zich weer even zwaar als altijd.

De rit verliep zonder noemenswaardige voorvallen, nogal eentonig. Maar één keer, op het traject tussen Amstetten en Böheimkirchen, moest de trein een extra stop inlassen. Er ging een hevige schok door de wagons en meteen verloren ze snelheid. De bagage duikelde uit de netten, er klonk oorverdovend geknars, overal gescheld en geschreeuw, toen volgde weer een schok, nog wat heftiger dan de eerste – en de trein kwam tot stilstand. Met zijn volle gewicht had de machinist aan de gietijzeren remhendel moeten hangen omdat er op enige afstand een groot, donker, bonkig, in ieder geval verdacht voorwerp op de rails was opgedoken. 'Dat zijn de socialen weer!' knorde de conducteur, terwijl hij zich met fladderend treinkaartjesblok door de wagons naar voren haastte. 'Of anders de nazi's! Wat maakt het ook uit, het is toch één pot nat, dat gespuis!'

Maar al snel werd duidelijk dat het bij het verdachte voorwerp alleen maar om een oude koe ging, die uitgerekend de rails van de Westbahn had uitgezocht om te sterven en die nu log en stinkend op de bielzen lag. Met hulp van een paar reizigers en onder het toeziend oog van Franz, die op veilige afstand stond, zijn weke meisjeshanden op zijn rug gevouwen, kreeg men het voor elkaar het kadaver van de rails te trekken. Onder de krioelende vliegen schemerden de donkere koeienogen. Franz moest denken aan de glanzende stenen die hij als jongetje zo vaak aan de oever van het meer had verzameld en vervolgens in zijn volgepropte broekzakken mee naar huis had genomen. Elke keer was hij overrompeld door een kleine teleurstelling als hij zijn broek boven de vloer van de hut leegschudde, de stenen dof en droog over de planken rolden en hun ondoorgrondelijke glans kwijt waren.

Toen de trein ten slotte met niet meer dan twee uur vertraging het Weense Westbahnhof binnen was gereden en Franz vanuit de stationshal het felle middaglicht in liep, was dit vleugje melancholie allang weer verdampt. Maar nu werd hij een beetje misselijk en hij moest zich aan de dichtstbijzijnde gaslantaarn vasthouden. Om maar meteen in aanwezigheid van al die mensen om te vallen zou wel heel gênant zijn, dacht hij woest. Net als die fletse zomergasten die elke zomer weer meteen na aankomst aan de oever van het meer door een zonnesteek getroffen bij bosjes in het gras vallen en die daarna door een paar goedgehumeurde inwoners met een emmer water of een draai om hun oren weer bij bewustzijn moeten worden gebracht. Hij klampte zich nog steviger aan de lantaarnpaal vast, deed zijn ogen dicht en stond net zo lang roerloos tot hij het plaveisel weer vast onder zijn voeten voelde en de rode vlekken die langzaam in zijn blikveld voorbij pulseerden, waren verdwenen. Toen hij zijn ogen weer opendeed, barstte hij in een korte, geschrokken lach uit. Het was overweldigend. De stad pruttelde als de groentepan op zijn moeders fornuis. Alles was onophoudelijk in beweging, zelfs de muren en de straten leken te leven, ze ademden, welfden zich. Het was alsof je het plaveisel kon horen knerpen en de bakstenen kon horen kraken. En al dat lawaai trouwens, er hing een ononderbroken geruis in de lucht, een onvoorstelbare wirwar van geluiden, klanken en ritmes, die elkaar aflosten, in elkaar overvloeiden, elkaar overstemden, overschreeuwden, boven elkaar uit brulden. En dan het licht. Overal een geglinster, geglim, gebliksem en geflits: ramen, spiegels, reclameborden, vlaggenmasten, ceintuurgespen, brillenglazen. Er knetterden auto's voorbij. Een vrachtwagen. Een libellegroene motorfiets. Nog een vrachtwagen. Met schel getinkel reed een tram de hoek om. Een winkeldeur werd opengerukt, autoportieren werden dichtgeslagen. Iemand kweelde de eerste maten van een straatdeuntje, maar brak het midden in het refrein weer af. Iemand anders schold hees. Een vrouw krijste als een slachtkip. Ja, dacht Franz bevangen, dit is iets anders. Iets heel anders. En op dat moment nam hij de stank waar. Onder het plaveisel leek het te broeien en erboven flakkerden de meest uiteenlopende uitwasemingen. Het rook naar afvalwater, naar urine, naar goedkoop parfum, oud vet, verbrand elastiek, diesel, paardenstront, sigarettenwalm, straatteer.

'Voelt u zich niet lekker, jongeman?' Er was een dametje naast hem komen staan dat met haar rood ontstoken ogen naar hem opkeek. Ondanks de middaghitte droeg ze een zware loden jas en ze had een sjofele bontmuts op haar hoofd.

'Jawel, hoor!' zei Franz snel. 'Het is alleen zo lawaaierig in de stad. En het stinkt een beetje. Het riool waarschijnlijk.'

Het dametje stak haar wijsvinger als een dood takje naar hem uit.

'Het is niet het riool dat zo stinkt,' zei ze. 'Het zijn de tijden. Rotte tijden zijn het namelijk. Rot, wormstekig en bedorven!'

Aan de overkant van de straat hobbelde een met biervaten hoog beladen paard-en-wagen voorbij. Een van de stevige pinzgauers trok zijn staart op in een boog en liet een paar vijgen vallen, die een tengere, speciaal voor dat doel erachter sjokkende jongen met zijn blote handen opraapte en in zijn schoudertas stopte.

'Kom je van ver?' vroeg het dametje.

'Van thuis.'

'Dat is heel ver. Je kunt het best meteen maar weer teruggaan!'

In haar linkeroog was een adertje gesprongen dat in een roze driehoek was uitgelopen. Aan haar wimpers kleefden kleine klontertjes kolenstof.

'Flauwekul!' zei Franz. 'Er is geen terug, en bovendien raak je aan alles gewend.'

Hij draaide zich om en liep weg, stak de drukke Gürtel over, week op het laatste moment uit voor een aanstuivende bus, sprong lichtvoetig over een plas paardenpis en sloeg de tegenoverliggende Mariahilferstraße in, zoals zijn moeder hem had gezegd. Toen hij zich nog eens omdraaide, stond het dametje nog steeds naast de lantaarnpaal bij de ingang van het station, een dwerg in groen loden met een veel te groot hoofd, en in de fijne punten van het bonthaar glansde het zonlicht.

Het sigarenzaakje van Otto Trsnjek lag aan de Währingerstraße in het negende Weense gemeentedistrict, ingeklemd tussen installatiebureau Veithammer en vleeshouwerij Roßhuber. Boven de ingang was een groot blikken bord aangebracht.

TABAK TRSNJEK

KRANTEN

SCHRIJFWAREN

ROOKWAREN

SINDS 1919

Franz kamde met wat spuug zijn haar recht, knoopte zijn hemd helemaal tot bovenaan dicht, wat hem, dacht hij, de schijn van een zekere ernst verleende, haalde diep adem en liep het sigarenzaakje binnen. In het kozijn boven zijn hoofd weerklonk het geklingel van lieflijke klokjes. Door de met affiches, folders en reclameplaten bijna volkomen dichtgeplakte winkelruit drong maar weinig licht naar binnen en het duurde een paar seconden voordat Franz' ogen aan de duisternis gewend waren. Het zaakje was klein en tot aan het plafond volgepakt met kranten, tijdschriften, schriften, boeken, schrijfgerei, pakjes sigaretten, kistjes sigaren en verschillende andere rook- en schrijfwaren en kantoorartikelen. Achter de lage toonbank, tussen twee hoge stapels tijdschriften, zat een oudere man. Hij boog zijn hoofd diep over een ordner en noteerde zorgvuldig en geconcentreerd getallen in blijkbaar daarvoor bedoelde kolommen en vakjes. Een gedempte rust vulde de ruimte, alleen het krassen van de penpunt op het papier was te horen. In de paar smalle lichtstrepen trilde het stof en er hing een krachtige geur van tabak, papier en drukinkt in de lucht.

'Dag, Franzl!' zei de man zonder van zijn getallen op te kijken. Hij zei het zachtjes, maar de woorden waren heel duidelijk te horen in de benauwde ruimte.

'Hoe weet u nou wie ik ben?'

'Je hebt half Salzkammergut nog aan je voeten hangen!' De man wees met zijn vulpen naar Franz' schoenen, waar op de naden van de neus een paar kluiten donkere aarde vastkleefden.

'En u bent Otto Trsnjek.'

'Precies.' Met een vermoeide handbeweging klapte Otto Trsnjek zijn ordner dicht en liet hem in een la verdwijnen. Toen duwde hij zich omhoog uit zijn stoeltje, verdween met een merkwaardig sprongetje achter de stapels tijdschriften en kwam meteen daarna met twee krukken onder zijn oksels weer naar voren. Voor zover Franz kon zien, was er van zijn linkerbeen alleen nog een half dijbeen over. De stof van de broek onder de stomp was aan elkaar genaaid in een punt, die na elke beweging een beetje nazwabberde. Otto Trsnjek hief een van de krukken en wees met een ronde, bijna liefkozende beweging op het warenassortiment in zijn winkel.

'En dit hier zijn mijn bekenden. Mijn vrienden. Mijn familie. Het liefst zou ik ze allemaal houden.' Hij zette een van de krukken tegen de toonbank en ging zachtjes met zijn handrug over de bont dooreen glanzende voorpagina's in een van de rekken. 'Maar toch geef ik ze weg, iedere week, iedere dag, ieder uur, van de winkelopening tot de winkelsluiting. En weet je ook waarom?'

Franz wist het niet.

'Omdat ik sigarenboer ben. Omdat ik sigarenboer wil zijn. En omdat ik altijd sigarenboer zal zijn. En wel tot het niet meer gaat. Tot Onze-Lieve-Heer bij mij de rolgordijnen laat zakken. Zo eenvoudig is dat!'

'Aha,' zei Franz.

'Precies,' zei Otto Trsnjek. 'En hoe gaat het met je moeder?'

'Eigenlijk zoals altijd. Ik moet u de groeten van haar doen!'

'Dank je,' zei Otto Trsnjek. En toen wijdde hij zijn leerling in in de geheimen van het leven van een sigarenboer.

Franz' voornaamste werkplek zou het kleine krukje naast de winkeldeur zijn. Daar moest hij – als er niets dringends af te handelen was – rustig zitten, niet praten, op instructies wachten en verder brein en begrip bevorderen, dat wil zeggen: kranten lezen. Kranten lezen was namelijk het enige wat van afdoend, beslissend en doorslaggevend belang was in het bestaan van een sigarenboer; geen kranten lezen betekende zoveel als geen sigarenboer zijn, sterker nog, geen mens zijn. Maar natuurlijk kon het echte krantenlezen niet worden opgevat als het gewoon vluchtig doorbladeren van één of misschien twee armzalige petieterige dagbladen. Het echte, want brein en begrip in gelijke mate bevorderende krantenlezen omvatte *alle* op de markt (en dus ook in het sigarenzaakje) voorhanden kranten, en die misschien niet van voor tot achter, maar dan toch minstens voor het grootste deel, wat wilde zeggen: koppen, hoofdartikelen, de belangrijkste columns, de belangrijkste commentaren en ook de belangrijkste berichten over politiek (binnen- en buitenland), gemeente, economie, wetenschap, sport, cultuur, maatschappij enzovoort. De krantenverkoop vormde immers zoals bekend de kernactiviteit van elk serieus sigarenwinkeltje, en de klant, respectievelijk de koper van de krant, wilde (voor zover hij zelf al niet een van de vele intellectueel of emotioneel of politiek aan een bepaalde uitgave gebonden, vaste lezers was) van de sigarenboer dienovereenkomstig geadviseerd, geïnformeerd en zo nodig met zachtzinnige nadruk of nadrukkelijke zachtzinnigheid geleid worden naar het voor hem, de klant, de lezer, koper van de krant, op deze dag, op dit uur, in deze stemming enige geschikte blad. En had Franz dat nu ook goed begrepen?

Franz knikte.

Dan het rookgerei. Met de sigaretten was het immers nog redelijk eenvoudig. Sigaretten kon iedere boerenkinkel van twijfelachtige herkomst, die misschien bij toeval uit Salzkammergut of waarvandaan dan ook verzeild was geraakt in een sigarenzaakje, tenslotte verkopen. Wat bij de bakker de bolletjes waren, waren bij de sigarenboer de sigaretten. Zoals bekend werden bolletjes noch sigaretten vanwege de smaak of het mooie uiterlijk gekocht, maar enkel en alleen vanwege de honger respectievelijk de verslaving. Waarmee over de bolletjes- respectievelijk de sigarettenverkoop eigenlijk alles was gezegd en geschreven. Heel anders – maar werkelijk heel anders! – stond het met de sigaren. Pas met de verkoop van sigaren namelijk werd een serieus sigarenwinkeltje ook een volmaakt sigarenwinkeltje; pas het aroma, de geur, de smaak en het kruidige van een behoorlijk assortiment sigaren veranderden een doodnormaal krantenstalletje met rookwarentoebehoren in een tempel voor zowel de geest als het genot. En was dat voor Franz tot zover nog enigszins te volgen?

Franz knikte en hij ging op zijn krukje zitten.

Het probleem, meende Otto Trsnjek met een treurige blik op het tot aan het plafond met sigarenkistjes dicht opeen volgepakte wandrek, het grote probleem voor de sigarenverkoop – en voor veel andere dingen trouwens ook – was de politiek. De politiek verprutste namelijk fundamenteel alles en iedereen, en het deed er tamelijk weinig toe wie er nu met zijn brede achterste op het fluweel zat, de keizer zaliger, de dwerg Dollfuß, zijn leerling Schuschnigg of die aan grootheidswaanzin lijdende Hitler; door de politiek werd alles en iedereen verprutst, verknoeid, bedorven, dom gemaakt, en hoe dan ook op de een of andere manier te gronde gericht. Neem nu de sigarenverkoop. Juist en vooral de sigarenverkoop! Er waren tegenwoordig nauwelijks nog sigaren te krijgen! De leveranties stokten, waren onbetrouwbaar en onberekenbaar geworden, de schommelingen in de magazijnvoorraden waren enorm, met een gestage tendens naar beneden, menig kistje was al weken of maanden geleden leeggekocht en stond hier alleen nog ter versiering, feitelijk als een soort treurig aandenken aan betere tijden!

'Zo zit dat en niet anders,' zei Otto Trsnjek en hij bekeek Franz peinzend. Toen pakte hij zijn krukken, verplaatste zich met een paar zwaaien weer naar achter de toonbank, nam zijn ordner uit de la, klemde de punt van zijn tong tussen zijn snijtanden en kraste verder in zijn boekhouding.

Van toen af verscheen Franz elke dag stipt om zes uur in Otto Trsnjeks Tabak. Omdat hij als woon-, bad- en slaapkamer het kleine voorraadhok direct achter de winkel toegewezen had gekregen, was de weg naar zijn werk aangenaam kort. In een voor hemzelf verrassend frisse ochtendstemming sprong hij van de matras, schoot zijn spullen aan, poetste zijn tanden boven de blikken wasbak, ging met natte vingers door zijn haar en liep naar voren, naar zijn werk. De ochtenden bracht hij meestal zonder al te veel onderbrekingen kranten lezend door op zijn kleine krukje naast de toegangsdeur. Op aanwijzing van Otto Trsnjek legde hij een verse stapel ochtendbladen voor zichzelf klaar en las die de ene na de andere door. In het begin was het werk moeizaam, en hij moest zich vaak vermannen om tijdens het lezen niet van vermoeidheid voorover op de vloerplanken te vallen. Thuis waren er immers met uitzondering van het maandelijks verschijnende en eigenhandig door de echtgenote van de burgemeester volgeschreven *Nußdorfer Gemeindeblättchen* nauwelijks ooit echte kranten geweest. Alleen op de tonnetjesplee naast de vlierstruik achter de hut lag altijd een stapeltje krantenpapier, door zijn moeder op handzame grootte gescheurd. Zo nu en dan had Franz vóór het afvegen een kop, een paar regels of misschien zelfs een halve alinea gelezen, maar zonder daar ooit iets bijzonder nuttigs uit te halen. Het wereldgebeuren gleed toen nog onder zijn handen en zijn achterste weg zonder zijn ziel te bereiken. Dat leek nu te veranderen. Ook al was het lezen de eerste dagen nog echt lastig, toch raakte hij al snel gewend aan de meestal vrij hoogdravende journalistenstijl en ook aan de vele, steeds weer terugkerende stunteligheden in de formuleringen, en hij was zelfs in toenemende mate in staat uit de verschillende artikelen de bijbehorende betekenis op te pikken. Na een paar weken kon hij de kranten ten slotte haast vlot lezen en misschien niet van voor tot achter, dan toch ten minste voor het grootste deel. En hoewel hij door de verschillende, soms zelfs volkomen tegengestelde standpunten en zienswijzen danig in de war raakte, verschafte het lezen hem ook ergens een bepaald genoegen. Het was een vermoeden dat daar tussen de vele drukletters naar buiten ritselde, een vaag vermoeden van de mogelijkheden van de wereld.

Soms legde hij de kranten opzij en pakte een sigaar uit een van de vele bont beschilderde houten kistjes. Hij draaide hem in alle richtingen, hield hem tegen een lichtkier in de etalage, ging met zijn vingertoppen over de brosse bladerhuid en trok hem met gesloten ogen snuivend onder zijn neus door. Iedere soort had een eigen, persoonlijke geur en toch hadden ze in wezen allemaal het aroma gemeen van een wereld buiten het sigarenzaakje, de Währingerstraße, de stad Wenen, ja zelfs het land en het hele wijde continent. Het geurde naar vochtige, zwarte aarde, naar rustig wegrottende boomreuzen, naar het smachtende gebrul van roofdieren dat de duisternis van het oerwoud vervulde, en naar het nog smachtender gezang van de zwarte slaven dat uit de van hitte zinderende tabaksplantages naar de hemel boven de evenaar opsteeg.

'Een slechte sigaar smaakt naar paardenmest,' zei Otto Trsnjek, 'een goede naar tabak. Maar een *heel* goede sigaar smaakt naar de wereld.'

Hij was zelf trouwens niet-roker.

In de eerste weken leerde Franz de klanten kennen. Weliswaar was er een hele groep komende en gaande klanten, jachtige mensen die binnen kwamen rennen, buiten adem hun wensen naar voren brachten, weer naar buiten renden en zelden of nooit terug werden gezien. Maar de meesten waren vaste klanten. Sinds Otto Trsnjek in het jaar na de oorlog op basis van de wet invaliditeitsvergoeding het sigarenzaakje toegewezen had gekregen, had hij zijn naam in Alsergrund gevestigd. Niemand in de buurt had hem als jongeman gekend. Hij was er gewoon op een dag, kwam op zijn krukken de Währingerstraße af gezwaaid, bracht buiten boven de deur het grote blikken schild aan en binnen het klokkenspel, ging achter de toonbank zitten en behoorde vanaf dat moment tot het district zoals de Votiefkerk of het installatiebureau Veithammer.

'Onthoud de klanten, prent je hun gewoontes en voorliefdes in. Het geheugen is het kapitaal van de sigarenboer!' zei hij tegen Franz. En die deed zijn best. In het begin viel het niet mee de mensen, hun gewoontes en wensen bij elkaar te houden, maar de verbanden werden met de dag duidelijker. Gaandeweg begonnen zich uit de vormeloze kluwen klanten opzichzelfstaande mensen met hun eigenaardigheden los te maken, tot Franz hen zelfs met hun naam en de erbij behorende, in Wenen levensnoodzakelijke, titel kon begroeten. Je had bijvoorbeeld mevrouw dr. dr. Heinzl, die de universiteit niet eens als gebouw herkend zou hebben, laat staan dat ze die ooit betreden had. Mevrouw dr. dr. Heinzl was twee keer getrouwd geweest, eerst met een Joodse tandarts en later met een al op de bruiloft stokoude jurist. De beide heren volgden de meeste andere Weners op hun laatste weg naar de Algemene Begraafplaats, maar de doctorstitels bleven en werden in het vervolg door de weduwe Heinzl trots rondgedragen. Bovendien droeg ze een blauwachtige pruik, waaierde ook 's winters met een paar zalmkleurige zijden handschoenen voortdurend lucht in haar gezicht en vroeg elke dag op licht neuzelende, aristocratische toon een exemplaar van de *Wiener Zeitung* en van de *Reichspost*. Maar de eerste klant van de dag was Kommerzialrat Ruskovetz, die bij het parlement dienst had gedaan en nu met pensioen was. De Kommerzialrat kwam, vergezeld van zijn incontinente teckel, elke ochtend meteen na openingstijd en wenste het *Wiener Journal* en een pakje sigaretten van het merk Gloriette. Soms wisselden hij en de sigarenboer een paar woorden over het hondsberoerde weer of over de achterlijke regering, terwijl de teckel gelige druppels op de vloerplanken liet vallen, die Franz vervolgens met een vochtig poetsvodje moest opnemen. 's Ochtends stommelden de arbeiders binnen, namen het *Volksblatt* of het *Kleine Blatt* en wilden losse sigaretten, die Otto Trsnjek uit een weckpot viste en in hun eeltige handen uittelde. Hoewel sommigen van hen al in alle vroegte naar bier roken en ze met hun plompe schoenen vrij veel vuil van buiten meebrachten, mocht Franz de arbeiders wel. Ze zeiden niet veel, hadden hoekige gezichten en kwamen al met al over als de stoffige broers van de bosarbeiders thuis. Rond het middaguur kwamen dan de gepensioneerden en de studenten. De gepensioneerden vroegen om de *Österreichische Woche*, de studenten namen een paar Egyptische, plus de *Wiener Zeitung*, schrijfpapier en de nieuwste moppenblaadjes. Vroeg in de middag verscheen de oude meneer Löwenstein voor een of twee pakjes Gloriette. Daarna was het tijd voor de huisvrouwen. De huisvrouwen roken of naar schoonmaakmiddel of naar kersenlikeur, vertelden veel en vroegen veel en bestelden tussendoor het *Kleine Frauenblatt* of andere interessante tijdschriften voor de moderne vrouw. De zeer bijziende juristieker Kollerer wipte even aan en kocht zijn dagelijkse 'lange Heinrich', een lange dunne cigarillo, en ook een exemplaar van de *Bauernbündler* en van de *Wienerwaltbote*. Met onregelmatige tussenpozen kwam Rode Egon het sigarenzaakje binnen. Rode Egon was een in het district bekende spiegeldrinker en – ondanks het partijverbod – bij alle gelegenheden een openlijk en luidkeels belijder van de sociaaldemocratie. Zijn gedaante was knokig, zijn blik drei-

dreigend, maar ergens achter zijn hoge voorhoofd vlamde een vuur dat nooit leek te doven. Hij had de deur nog niet opengeduwd of hij begon te vertellen over revoluties, opstanden, kenteringen of omwentelingen die allang ergens gaande waren en die de kapitalistenwereld, die was opgetrokken op de beendermeelbergen van de murw gemaakte, vermorzelde, verpletterde arbeidersklasse, terecht tot puin zouden slaan. Meestal staarde hij vervolgens nog een tijdje somber naar de rekken en besloot dan ten slotte tot een pakje zonder filter, betaalde en ging. Schoolkinderen buitelden naar binnen en vroegen om kleurpotloden en verzamelplaatjes, oude dames wilden babbelen, oude heren wilden ongestoord en zwijgend omslagfoto's bekijken. Soms vroeg een van de mannelijke vaste klanten met een schorre stem om een blik in de 'lade' te mogen slaan. Dat was een onopvallende lade onder de toonbank, die Otto Trsnjek altijd zorgvuldig op slot hield en die alleen op speciale wens van een klant werd geopend. Daarin bevonden zich de al jaren streng verboden zogenoemde 'dartele bladen' (respectievelijk de 'rukblaadjes' of 'voosboekjes', zoals de sigarenboer ze tegenover Franz placht te noemen). De mannen keken die dan in, probeerden ondertussen een zo ongeïnteresseerd mogelijk gezicht te trekken en namen er dan misschien één of twee van mee, door Franz tegen ongewenste blikken in bruin papier verpakt.

'Een goede sigarenboer verkoopt niet alleen tabak en papier,' zei Otto Trsnjek en hij krabde met de achterkant van zijn pen over zijn beenstomp. 'Een goede sigarenboer verkoopt genot en lust – en soms ook ondeugd!'

Eén kaart per week, niet meer en niet minder, dat was de afspraak. 'Franzl,' had zijn moeder de avond voor zijn vertrek gezegd en daarbij met de rug van haar wijsvinger zachtjes over zijn wang gestreken, 'jij schrijft me elke week een kaartje, omdat een moeder moet weten hoe het met haar kind gaat!'

'Nou, goed,' had Franz gezegd.

'Maar het moeten echte ansichtkaarten zijn. Met mooie plaatjes erop aan de voorkant. Daarmee plak ik de schimmelplek boven mijn bed vol en als ik er dan naar kijk, kan ik me altijd voorstellen waar je precies zit!'

In een hoek naast de etalage bevond zich een smal rek met een bonte keuze aan dakpansgewijs uitgestalde kaarten en ansichtkaarten. Iedere vrijdagmiddag ging Franz ervoor staan en zocht er eentje uit. Op de meeste stond een bekende Weense bezienswaardigheid: de Stephansdom in het roze ochtendlicht, het reuzenrad onder de sterren, de Staatsoper feestelijk verlicht enzovoort. Bijna altijd besloot hij een kaart te kiezen met een park of bloemperk of op zijn minst bloempotten voor de ramen van de afgebeelde huizen. Het groene spul en de kleuren zouden zijn moeder in de eenzame uren als het regende misschien een beetje kunnen opvrolijken, bedacht hij, bovendien pasten ze beter bij de schimmelplek. Hij schreef een paar regels en zijn moeder schreef een paar regels en eigenlijk hadden ze allebei liever met elkaar gepraat of ten minste zwijgend bij elkaar gezeten en naar het riet geluisterd. *Beste Franzl, hoe gaat het, beste moeder, dank je, goed, bij ons is het mooi weer, bij ons eigenlijk ook, in de stad is er veel te zien, in Nußdorf niet, maar dat geeft niets, het werk is leuk, het mos moest weer eens van de hut worden gekrabd, ik houd van je, je mama, ik ook van jou, je Franz.* Het was een roep vanuit zijn geboortestreek naar de buitenwereld en weer terug, als een kortstondig contact, vluchtig en warm. Franz legde de kaarten van zijn moeder in de la van zijn nachtkastje en zag hoe de stapel week na week aangroeide, bestaande uit alleen maar kleine, glinsterende Attersees. Soms kon hij ze op stille avonden vlak voor hij insliep zachtjes in de la horen klotsen. Maar dat kon ook inbeelding zijn.

Begin oktober blies de eerste herfstwind de warmte uit de straten en de hoeden van de hoofden van de voorbijgangers. Zo nu en dan zag Franz een hoofddeksel langs het sigarenzaakje voorbij buitelen, meteen gevolgd door de erachteraan struikelende bezitter. Het was fris geworden. Otto Trsnjek had al te kennen gegeven dat hij de kolenkachel misschien snel zou aansteken en Franz was een ietwat vormeloos geworden bruin wollen vest gaan dragen, dat zijn moeder jaren geleden tijdens dichtgesneeuwde uren in de winter voor hem had gebreid bij het schijnsel van het fornuisvuur. Ondanks de onoverzichtelijke ontwikkelingen en de daarmee verbonden nog veel onoverzichtelijkere politieke vooruitzichten liep de winkel goed. 'De mensen zijn helemaal gek op die Hitler en op slecht nieuws – wat immers zowat één en hetzelfde is,' zei Otto Trsnjek. 'In ieder geval is het goed voor de krantenverkoop – en gerookt wordt er toch wel!'

Op een sombergrijze maandagochtend klingelden de klokjes bedeesd en een oude meneer kwam het sigarenzaakje in. Hij was niet bijzonder lang en tamelijk tenger, eigenlijk zelfs mager. Hoewel zijn hoed en zijn pak onberispelijk zaten, wekten ze de indruk sinds jaar en dag te zijn gedragen. Zijn rechterhand was met een blauwig vlechtwerk van aderen bedekt en omklemde de knop van een stok, terwijl de linker even omhoogkwam voor een vluchtige groet alvorens weer in een van de zakken van het colbert te verdwijnen. Zijn rug was een beetje krom, zijn hoofd stak naar voren. Zijn witte baard was keurig netjes geknipt en hij droeg een ronde bril met zwarte randen rond de glazen, waarachter zijn glanzend bruine ogen voortdurend waakzaam heen en weer gleden. Maar echt uitzonderlijk aan de verschijning van de oude man was het effect dat hij op Otto Trsnjek had. Meteen na binnenkomst van de oude man was hij namelijk opgestaan en had geprobeerd zonder krukken en met één hand gesteund op de toonbank zo kaarsrecht mogelijk overeind te staan. Eén enkele blik opzij van hem had ook Franz ertoe gebracht op te springen en zo stonden ze hier allebei en vormden een stram ontvangstcomité voor deze magere oude heer.

'Goedemorgen, meneer de professor!' zei Otto Trsnjek en onopvallend schudde hij zijn been op de juiste plaats. 'Virginia's, zoals altijd?'

Eén ding was tijdens zijn leertijd tot nu toe allang tot Franz doorgedrongen: zogenaamde professoren had je in Wenen zoveel als kiezelstenen aan de Donau. In bepaalde districten spraken de paardenslagers en de bierkoetsiers elkaar zelfs aan met 'meneer de professor'. Maar deze keer was het toch anders. Uit de manier waarop de sigarenboer deze meneer begroette, was het Franz meteen duidelijk dat dit hier werkelijk een professor was, een eerlijke echte, eentje die niet met zijn titel hoefde te zwaaien als met een koebel om de hem toekomende professorale erkenning te krijgen.

'Ja,' zei de oude man met een knikje, terwijl hij zijn hoed afnam en hem bedachtzaam voor zich op de toonbank legde. 'Twintig stuks. En de *Neue Freie Presse* alstublieft.'

Hij sprak langzaam en zo zacht, dat hij maar moeilijk te verstaan was. Bovendien deed hij zijn mond nauwelijks open. Het was alsof hij elk afzonderlijk woord alleen met grote inspanning tussen zijn tanden door wist te persen.

'Maar zeker, meneer de professor!' zei Otto Trsnjek en hij knikte naar zijn leerjongen. Franz pakte de krant en een kistje met twintig Virginia's uit de rekken en legde ze op de toonbank om ze in te pakken. Hij voelde dat de blik van de oude man op hem gericht was en elk van zijn bewegingen precies leek te volgen.

'Dit is trouwens Franzl,' verklaarde Otto Trsnjek. 'Hij komt uit Salzkammergut en moet nog veel leren.'

De oude man stak zijn hoofd nog iets verder naar voren. Uit zijn ooghoeken kon Franz zien hoe de huidplooien, dun als zijdepapier, over de kraag van zijn hemd vielen.

'Salzkammergut,' zei hij met een merkwaardig vertrokken mond, die waarschijnlijk een glimlach moest voorstellen. 'Heel goed.'

'Van de Attersee!' knikte Franz. En om de een of andere reden was hij voor het eerst van zijn leven trots op die rare regenput waar hij vandaan kwam.

'Heel goed,' herhaalde de professor. Toen legde hij een paar munten op de toonbank, nam het klaarliggende pakje onder zijn arm en draaide zich om om te gaan. Met één pas was Franz bij de deur om die open te doen. De oude man knikte naar hem en liep naar buiten, waar de wind meteen zijn baard uit elkaar plukte. Hij ruikt merkwaardig, deze oude meneer, dacht Franz, naar zeep, naar uien, naar sigaren en, interessant is dat, uit de verte ook een beetje naar zaagsel.

'En wie was dat?' vroeg hij, nadat hij de deur dicht had geduwd. Bijna met geweld moest hij zich oprichten om zich los te rukken uit de ietwat gebukte houding die hij onwillekeurig had aangenomen.

'Dat was professor Sigmund Freud,' zei Otto Trsnjek en hij liet zich kreunend weer in zijn stoel zakken.

'De gekkendokter?' Het schoot er met een lichte schrik

in zijn stem uit. Natuurlijk had hij van Sigmund Freud gehoord. De reputatie van de professor was ondertussen niet alleen in de afgelegenste gehuchten van de aarde maar zelfs tot in Salzkammergut doorgedrongen en had daar de doorgaans vrij ongevoelige fantasie van de inwoners geprikkeld. Er werd gesproken over allerlei enge aandriften, over platte grappen, patiëntes die als wolven huilden, en alle perken te buiten gaande ontblotingen tijdens het privéspreekuur.

'Ja, precies,' antwoordde Otto Trsnjek. 'Maar hij kan nog veel meer dan de kop van gekke rijken rechtzetten.'

'Wat dan?'

'Ze zeggen dat hij de mensen aan het verstand kan peuteren hoe een fatsoenlijk leven eruit hoort te zien. Niet iedereen natuurlijk, alleen de mensen die zich zijn honorarium kunnen veroorloven. Er wordt gezegd dat een uur in zijn spreekkamer evenveel kost als de grond van een halve volkstuin. Dat kan wel wat overdreven zijn. In ieder geval behandelt hij de mensen zonder ze aan te raken, zoals andere dokters. Hoewel, op de een of andere manier raakt hij ze wel aan, maar dan niet met zijn handen.'

'Met wat dan wel?'

'Weet ik veel!' Langzamerhand werd Otto Trsnjek ongeduldig. 'Met zijn gedachten of met zijn geest of met nog andere flauwekul. In ieder geval lijkt het te werken, en dat is de hoofdzaak. Zo, lees nu je kranten en laat me met rust.'

Hij boog zich diep over een stapel papier die hij uit de

la had getrokken en begon er met zijn pen en een lange houten liniaal strepen op te trekken.

Franz legde zijn voorhoofd tegen de winkelruit en gluurde door een smalle lichtspleet naar buiten. Daar voor hem liep de professor met het pakje onder zijn arm de Währingerstraße af. Hij liep langzaam, met kleine, voorzichtige passen en enigszins gebogen hoofd.

'Hij lijkt erg prettig in de omgang, die meneer de professor!' zei Franz peinzend. Otto Trsnjek zuchtte en hief nog eenmaal zijn blik uit de diepten van zijn rijen strepen.

'Misschien lijkt hij op het eerste gezicht wel prettig in de omgang, maar als je het mij vraagt is het een tamelijk saaie kerel, ondanks al dat hersengedokter. Bovendien heeft hij een niet onbelangrijk probleem.'

'Wat voor probleem?'

'Hij is Jood.'

'Aha,' zei Franz. 'En wat is dat voor probleem?'

'Dat gaat nog blijken,' antwoordde Otto Trsnjek. 'En wel over niet al te lange tijd!'

Verloren dwaalde zijn blik een poosje door de winkel, alsof hij ergens een veilige plek zocht om te vertoeven. Toen kwam hij tot zichzelf en glimlachte even. Ten slotte boog hij zich weer over zijn werk. Zorgvuldig probeerde hij met de punt van een sponsje een inktvlek op te deppen die zich tussen de lijnen had gevormd.

Franz keek nog altijd door de winkelruit. Dat gedoe met de Joden had hij nog nooit echt begrepen. De kranten lieten geen spaan van ze heel en op foto's en moppentekeningen zagen ze er afwisselend vrolijk of geslepen uit of meestal zelfs beide tegelijk. Hier in de stad waren er ten minste een paar, dacht Franz, echte Joden van vlees en bloed, met Joodse namen, Joodse hoeden en Joodse neuzen. Thuis in Nußdorf was er niet één. Op zijn hoogst spookten ze er als vreselijke of gemene of achterlijke, in ieder geval als een soort boze sprookjesfiguren door de hoofden van de inwoners. Vóór hem was de professor net bezig de Berggasse in te slaan. Een windvlaag greep zijn haar en blies het op tot een vederlicht bouwsel dat een paar seconden boven zijn hoofd waaide.

'Zijn hoed! Waar is zijn hoed gebleven!' riep Franz geschrokken. Zijn blik viel op de toonbank, waar nog steeds het grijze hoofddeksel van de professor lag. Hij nam een sprong, greep de hoed en rende ermee de straat op.

'Halt, staan blijven, als meneer zo vriendelijk wil zijn!' schreeuwde hij luid en hij slipte met zwaaiende armen de hoek om de Berggasse in, waar hij de professor al na een paar passen had ingehaald en hem ademloos de hoed aanbood. Sigmund Freud bekeek zijn ietwat gedeukte hoofddeksel, pakte het ten slotte aan en trok als tegenprestatie zijn portefeuille uit zijn binnenzak.

'Alstublieft, meneer de professor, dat was toch vanzelfsprekend!' verzekerde Franz met een afwerend handgebaar, dat al tijdens het uitvoeren een beetje te weids uitviel naar zijn zin.

'Tegenwoordig is helemaal niets meer vanzelfsprekend!' zei Freud en hij duwde met zijn duimen een diepe deuk uit de rand van de hoed. Net als daarnet sprak hij zacht en persend, zijn kaken nauwelijks van elkaar. Franz moest zijn hoofd wat naar voren strekken om alles precies te verstaan. In geen geval wilde hij ook maar een woord van de beroemde man hebben gemist.

'Mag ik u even helpen?' vroeg hij, en hoewel Freud een poging deed, kon hij toch niet snel genoeg terugdeinzen en zo voorkomen dat Franz het pakje en de krant onder zijn arm uit haalde en vastberaden tegen zijn borst drukte.

'Voor mijn part,' mompelde hij, zette zijn hoed op zijn hoofd en liep verder. Franz voelde zich eerst, terwijl hij met de professor de steile Berggasse afliep, nog een beetje raar ergens in zijn buik, alsof een soort zwaarte hem duidelijk wilde maken hoe gewichtig dit ogenblik was. Maar na een paar passen was dit raar-zware gevoel in zijn buik verdwenen en toen ze ten slotte de geurende Ankerbrot-bakkerij van mevrouw Grindlberger passeerden en hij zichzelf in de met meel bestoven etalage gespiegeld zag, hoe hij daar marcheerde, recht overeind, het pakje onder zijn arm en warm beschenen door het licht van de roem dat van de professor op hem afstraalde, voelde hij zich opeens heel trots en luchtig.

'Mag ik u een vraag stellen, meneer de professor?'

'Hangt van de vraag af.'

'Klopt het dat u de kop van mensen weer recht kunt zetten? En hun vervolgens aan het verstand kunt brengen hoe een fatsoenlijk leven eruitziet?'

Freud nam zijn hoed weer af, legde zorgvuldig een dunne, sneeuwwitte sliert achter zijn oor, zette de hoed weer op en keek Franz van opzij aan.

'Wordt dat in dat sigarenzaakje verteld of bij jou thuis in Salzkammergut?'

'Weet niet,' zei Franz schokschouderend.

'Wij zetten helemaal niets recht. Maar we ontwrichten tenminste ook niets, en dat ligt nog helemaal niet zo voor de hand in de spreekkamers van tegenwoordig. We kunnen bepaalde dwalingen verklaren, en in sommige, hoogst geïnspireerde uren kunnen we wat we daarnet hebben verklaard, zelfs beïnvloeden. Dat is alles,' perste Freud eruit en het klonk alsof elk afzonderlijk woord hem pijn deed. 'Maar ook dat is niet echt zeker,' voegde hij er met een kleine zucht aan toe.

'En hoe doet u dat allemaal?'

'De mensen gaan op mijn divan liggen en beginnen te praten.'

'Dat klinkt gezellig.'

'De waarheid is zelden gezellig,' sprak Freud tegen en hij kuchte in de donkerblauwe stoffen zakdoek die hij uit zijn broekzak had getrokken.

'Hm,' zei Franz, 'daar moet ik over nadenken.' Hij bleef staan, keek schuin naar boven en probeerde zijn wild door elkaar springende gedachten te verzamelen op een punt ver boven de daken van de stad en zijn eigen verbeeldingskracht.

'En?' vroeg de professor, nadat deze merkwaardige, een

beetje opdringerige sigarenjongen hem weer had ingehaald. 'Tot welk resultaat ben je gekomen?'

'Voorlopig tot helemaal geen. Maar dat maakt niets uit. Ik zal de tijd nemen om er nog langer over na te denken. Bovendien zal ik uw boeken kopen en ze lezen. En wel allemaal en van voor tot achter!'

Wederom zuchtte Freud. Eigenlijk kon hij zich hoegenaamd niet herinneren ooit in zo korte tijd zoveel te hebben gezucht.

'Heb je niets beters te doen dan de stoffige dikke pillen van oude heren te lezen?' vroeg hij.

'Wat dan bijvoorbeeld, meneer de professor?'

'En dat vraag je mij? Je bent jong. Ga de buitenlucht in. Maak een uitstapje. Amuseer je. Zoek een meisje.'

Franz keek hem met grote ogen aan. Er liep een rilling door zijn hele lijf. Ja, dacht hij, ja, ja, ja! En het volgende moment barstte hij los. 'Een meisje!' riep hij zo schallend dat de drie oude dames die net aan de overkant van de straat samentroepten voor een korte straatroddel, verschrikt hun stijlvol gegolfde hoofden naar hen omdraaiden. 'Ja, als het zo makkelijk was...'

Eindelijk had hij uitgesproken wat al lange tijd, in feite al sinds de dag waarop zijn eerste schaamharen bedeesd waren gaan sprieten, zowel zijn hart als zijn hoofd in beroering bracht.

'Tot nu toe heeft het overgrote deel van de mensheid dat voor elkaar gekregen,' zei Freud en met zijn stok dirigeerde hij trefzeker een kiezelsteen van het trottoir af.

'Dat wil nog lang niet zeggen dat ik het voor elkaar zal krijgen!'

'En waarom uitgerekend jij niet?'

'Waar ik vandaan kom, weten de mensen misschien iets af van bosbouw en van hoe je zomergasten geld uit de zakken klopt. Van de liefde weten ze helemaal niets af!'

'Dat is niets buitengewoons. Van de liefde weet namelijk niemand iets af.'

'Zelfs u niet?'

'Juist ik niet.'

'Maar waarom worden alle mensen dan overal en altijd verliefd?'

'Jongeman,' zei Freud en hij stond stil. 'Je hoeft het water niet te begrijpen om erin te duiken!'

'Ach!' zei Franz bij gebrek aan passende woorden die zijn onmetelijk diepe ongeluk konden uitdrukken. En meteen daarna nog eens: 'Ach!'

'Hoe het ook zij,' zei Freud. 'We zijn er. Mag ik om mijn sigaren en mijn krant verzoeken?'

'Maar natuurlijk, meneer de professor!' zei Franz kleintjes en overhandigde hem het pakje. BERGGASSE NR. 19 stond er op het bordje boven het portiek van het huis. Freud frunnikte zijn sleutelbos tevoorschijn, draaide het slot open en duwde zijn tengere lichaam tegen de zware houten poort.

'Mag ik u even...'

'Nee, dat mag je niet,' bromde de professor, terwijl hij zich snel door de kier naar binnen wurmde.

'En denk erom,' voegde hij eraan toe en hij stak zijn hoofd nog eens naar buiten. 'Met vrouwen is het net als met sigaren: als je er te hard aan trekt, weigeren ze je het genot. Nog een prettige dag verder!' Daarmee verdween hij in de duistere gang. Met een zacht geknars viel de poort dicht en Franz stond alleen in de wind.

[Kaart met in lentebloei staand Stadtpark en op de voorgrond een met seringen versierde huurkoets]

Beste moeder,
Stel je voor wie ik gisteren heb leren kennen: professor dr. Sigmund Freud! Wist jij dat hij een Jood is? En meteen om de hoek bij het sigarenzaakje woont? Ik ben met hem meegelopen en we hebben wat gepraat. Heel interessant! Ik geloof dat we elkaar nu vaker zullen zien.
Hoe gaat het me je? Met mij gaat het goed.
Je Franz

[Kaart van een met gouden ochtendlicht overgoten Attersee en zwanen]

Lieve Franzl,
Dat van professor Freud is natuurlijk flauwekul, hè? Maar wanneer het geen flauwekul zou zijn, vraag hem dan alsjeblieft eens of het allemaal klopt wat je zo hoort. Dat met die aandriften en al die dingen. Of nee, vraag het maar liever niet, je weet nooit wat het voor indruk

maakt. Dat hij een Jood is, wist ik niet. Dat is misschien niet zo leuk, maar we moeten maar zien. Bij ons heeft het al een keer gesneeuwd. Vandaag ga ik het bos in om een mand hout te hakken.
Je liefhebbende mama

De woorden van de professor waren diep in Franz' ziel gebrand. In het bijzonder de woorden die over meisjes gingen. *Tot nu toe heeft het merendeel van de mensheid dat voor elkaar gekregen*, had hij gezegd. En in strijd met alle twijfel die Franz in dit verband koesterde, had dat helemaal niet slecht geklonken, optimistisch op de een of andere manier, en onherroepelijk. De hele verschijning van de professor, al was die broos van ouderdom en gebreken, had trouwens ook iets onwrikbaars, als van een rots. Nou, goed dan, dacht Franz, als het zo zit, wordt het langzamerhand tijd om er eens mee te beginnen!

En zo trok hij al de volgende zaterdag, kort voordat het sigarenzaakje hem met een laatste, bemoedigend geklingel voor het weekend vrijaf gaf, zijn zondagse pak aan, waste zijn gezicht, zijn nek en zijn handen met een speciaal voor deze gelegenheid duur aangeschaft stuk huishoudzeep, smeerde een kluit varkensreuzel in zijn haar en wreef onder zijn oksels de bloembladen fijn van een paar prachtige koningsrozen die hij bij een nachtelijke zwerftocht uit de keurig netjes aangelegde bloemperken rond de Votiefkerk had geplukt. Vervolgens kwam hij glanzend en geurend de straat op, waar het plaveisel werd verwarmd door het milde herfstlicht en hij stapte op de tram in de richting van het Weense Prater, om daar zijn geluk te vinden in de gedaante van een meisje naar zijn gading.

Al van verre kon hij het reuzenrad zien, maar pas toen hij er direct onder stond, drong de ware afmeting van dit wonderlijke stalen gevaarte tot hem door. Het reuzenrad was niet zomaar groot, het was gewoon gigantisch. De wolken leken nauwelijks hoger te hangen dan de hoogste stalen draagbalk. De passagiers in de bovenste schuitjes waren zo klein als insecten en hun armen en sjaals kwamen op hem over als zwaaiende of wapperende uitsteekseltjes.

In herberg Zum eisernen Mann nam hij een pul bier. Het bier was koud en parelend, en toen hij er voorzichtig in blies, vloog het schuim in sneeuwwitte wolkjes op. Behalve een ouwelijke kelnerin met diepliggende, treurige ogen bevond er zich in de gelagkamer geen enkele vrouw. Dus betaalde hij en ging op weg naar het spiegelkabinet. Tamelijk lang liep hij rond in de glazen dwaaltuin zonder de uitgang te vinden, tot een man in korte broek hem ten slotte de weg naar buiten wees. Toen stond hij een tijdje voor de Aeroplan-carrousel en keek zolang naar de rondsuizende vliegtuigschuitjes dat hij een beetje duizelig werd en hij naar de herberg Zum Walfisch liep en in de tuin een mokka bestelde. De koffie was pikzwart en de slagroom smaakte bijna net zo zoet als in Café Esplanade in Bad Ischl. De hoge kastanjes ruisten zacht, tussen de bladeren door flitste de zon en in het grind hupten de mussen. Aan de tafels zaten mensen die blijkbaar allang hadden gevonden wat ze zochten. Overal vriendelijke, open gezichten. Stemmengeroes dat zich als een onzichtbare zwerm vogels over de tuin had verspreid en waaruit zo nu en dan een afzonderlijke, heldere lach opfladderde. Door al die vrolijkheid werd het Franz een beetje bitter te moede. Hij betaalde en liep naar de ponycarrousel. Met hangende hoofden sjokten de dieren met kinderen op hun rug in de rondte. Een man met een reusachtig fototoestel nam kiekjes om ze later aan de ouders te verkopen. Er werd veel gelachen, omhelsd en gekust. De jonge moeders waren bijna nog mooier dan hun kinderen, de jonge vaders stonden er trots en rechtop bij en gaven fooi. Een van de pony's hief snuivend zijn staart en liet een paar vijgen in het zand ploffen. In zijn ogen lag de weerspiegeling van de blauwe herfsthemel en daarachter het vermoeden van een vrijheid ver verwijderd van alle carrousels en kinderachterwerken. Bij het kraampje ernaast kocht Franz twee van vet druipende Hongaarse gehaktballen en, om de penetrante knoflooksmaak kwijt te raken, een reusachtige rozerode suikerspinnenwolk. De misselijkheid die meteen daarna kwam opzetten, spoelde hij weg met nog een pul bier en hij liep vervolgens naar het treintje van de sprookjesgrot, waar hij zich als enige volwassene in een van de lichtblauwe wagentjes perste. Een beetje hobbelend ging de rit door een met een dikke laag stof bedekt fantasielandschap. Overal stonden, zaten of liepen sprookjesfiguren rond. Roodkapje stapte door het bos, de kikkerkoning hurkte op de rand van de put, Repelsteeltje huppelde rond het vuur en pal daarachter liet Rapunzel haar hennephaar uit het torenvenster in de diepte zakken. Franz dacht aan thuis. Vroeger had zijn moeder hem die verhalen voorgelezen uit een beduimeld boek. Hijzelf was toen nog zo klein dat hij zich makkelijk op haar schoot kon oprollen en naar de woorden kon luisteren die als weke, warme druppels op hem neervielen. Toen Franz langzaam langs Assepoester hobbelde, kwamen de eerste tranen en toen de rit rond het peperkoekhuisje ging, snikte hij al in zijn open handen. De ene hete golf na de andere welde in hem op en schudde hem door elkaar. Hij dacht aan de hut, aan het fornuis, aan het meer, aan zijn moeder, en achter de dikke sluier van zijn tranen trok het sprookjeslandschap als een wazige stroom kleuren voorbij.

Toen de jonge knecht van de spullenbaas, die slaperig nonchalant tegen de uitgang leunde, zag hoe Franz ineengedoken en met een gezicht nat van de tranen uit de duisternis van de grot het felle zonlicht in kwam hobbelen, knipte hij zijn sjekkie met een hoge boog weg en raapte al zijn troostende tact bij elkaar: 'Het leven is nu eenmaal geen sprookje, vriendje – en op een dag is alles nu eenmaal voorbij!'

Buiten wreef Franz een paar keer met zijn mouw over zijn gezicht en snoot in zijn zakdoek, die hij eigenlijk alleen maar bij zich had met het doel een stoel af te vegen voor een zich eventueel vertonend meisje, of haar warme voorhoofd of nog iets anders. Langzaam liep hij langs de kermisattracties, de schiettenten en de eetstalletjes, de botsautootjes, de kop-van-jut, de dikke Berta, het kleurige plezierrad en het grote spookhuis. Ergens diep vanbinnen kabbelde het nog even zachtjes, een laatste golfje verdriet, en toen was het over.

Maar net toen hij met het vaste besluit de rest van de middag in grote hoeveelheden bier en andere drank te verdrinken de schaduwrijke biertuin van de Stille Zecher in wilde gaan, werd hij door een heel andere, een veel grotere, warmere en wildere golf gegrepen, omspoeld en door elkaar geschud: recht voor hem, op misschien tien meter afstand, rees een gezicht de hemel in, een rond meisjesgezicht, licht en lachend en omlijst door een stralenkrans van stroblond haar. Het was het mooiste gezicht dat Franz (de vele bont opgemaakte gezichten op de omslagen van Otto Trsnjeks assortiment tijdschriften meegerekend) ooit in zijn leven had gezien. En hoog boven hem, op duizelingwekkende hoogte, bleef dit gezicht een moment lang gewoon hangen, een rozige vlek in de blauwe uitgestrektheid van de hemel, slaakte er een hoge vreugdekreet en suisde meteen daarna met wapperende haren naar beneden, alleen om een seconde later weer omhoog te gaan. En het was precies die ene seconde die Franz nodig had om te begrijpen dat hij voor een schommel stond. Een reusachtige schommel waarvan de schuitjes als schepen op hoge zee omhoog en naar beneden zwaaiden. Op een houten bord voor de ingang was met weidse penseelstreken geschreven: DE GEWELDIGE STORMBOOT! WAT EEN PLEZIER! VOOR GROOT EN KLEIN! IEDEREEN BLIJ! IEDEREEN LACHT! KOM, STAP IN! Franz besloot zich niet meer te verroeren. Bewegingsloos, de blik strak gericht op het op en neer suizende meisjesgezicht, wachtte hij tot de schuitjes van het schip tot stilstand waren gekomen en de passagiers er lachend en gillend uit kwamen getold. Toen het meisje (geflankeerd door twee vriendinnen, die hij echter waarnam als twee schimmen zonder uiterlijk of gezicht en zonder enig belang) ten slotte in zijn richting kwam, dwong hij zich uit alle macht los te komen uit zijn zelfgekozen verstarring, balde zijn vuisten in zijn broekzakken en versperde haar de weg met een vastberadenheid die opeens uit ondoorgrondelijke diepten opvlamde en die zijn woorden, zoals het hem op dat moment leek, welhaast een stralende kracht verleende: 'Goedemiddag, ik heet Franz Huchel, kom oorspronkelijk uit Salzkammergut en zou graag met u een ritje in het reuzenrad maken!'

Opmerkelijk genoeg lachte het meisje niet met de twee anderen mee, maar bekeek hem een tijdje als een met uitsterven bedreigd beest in een dierentuin, bleef ten slotte aan zijn trillende ogen hangen, waaruit de vastberadenheid allang weer was verdwenen, en zei: 'Reuzenrad niet, maar schieten wil ik wel, alstublieft!'

Om precies te zijn zei ze niet 'schieten wil ik wel, alstublieft', maar 'schitten wil ik wel, alstublift'. Het was het makkelijk herkenbare onvermogen van de vele in Wenen woonachtige Bohemers in het uitspreken van tweeklanken. Een Boheemse dus, dacht Franz, zonder uit deze gedachte echter ook maar iets bruikbaars te kunnen peuren, en hij bood haar zwijgend zijn arm om haar naar de grote schiettent te leiden. Gelukkig namen haar twee vriendinnen onmiddellijk afscheid, alleen maar om meteen tegen de brede, met indrukwekkende rijen bontgekleurde onderscheidingen gedecoreerde schouders te gaan hangen van twee nogal tipsy legerofficieren.

Bij de schiettent legde een man met een doffe blik en een litteken over zijn kalende kop de regels uit. Je kon naar keuze richten op schietschijven, luchtballonnen of bont geschilderde Turkse hoofden. Als je een gat in het gezicht van een van de Turken schoot, kreeg je een paar punten extra, maar als je hem in zijn voorhoofd trof, klapte zijn tulband met het gekraak van hout naar voren en kreeg je een gratis rondje. Je kon zuurstokken winnen, papieren rozen en echte lavendeltuiltjes. Uit zijn ooghoek zag Franz hoe het Boheemse meisje vooroverboog, het geweer tegen haar wang legde en haar vinger om de trekker kromde. Het was een korte, roze en ronde vinger. Alles was trouwens rond aan haar: haar kleine oren, haar neus, haar gewelfde voorhoofd, haar gebogen wenkbrauwen, haar grote bruine ogen. Kalm was haar blik op het midden van de schietschijf gericht. In die blik, in die ogen had hij graag een duik genomen, een duik recht de gelukzaligheid in. Hij moest denken aan de houten regenton, thuis, pal naast de ingang van de hut. Het water daarin was anders dan het water in het meer. Het was bruinachtig en troebel en bovendien rook het een beetje vreemd. Eens had de kleine Franz het van nieuwsgierigheid niet meer uitgehouden en ook omdat het zo warm was midden in augustus, tegen het eind van de zomervakantie. Zorgvuldig had hij elk afzonderlijk dunbenig schaatsenrijdertje van het oppervlak geknipt, driemaal diep ademgehaald en was ten slotte met zijn hoofd en zijn halve bovenlijf de ton in gedoken. Binnen was het aangenaam koel. In het water zweefden kleine deeltjes als donkere sneeuw, en de bodem was bedekt met een dikke, al halfvergane laag bladeren. Hij strekte zijn armen en woelde met zijn vingers door de bladermassa. Het voelde afschuwelijk vies aan. Glibberig en koud, maar ergens ook prettig. Er liep een kleine huivering door hem heen toen hij met zijn vingertoppen op iets weeks, stevigs en harigs stootte. Achter de dichte sluier van de zwevende deeltjes werd het lijf van een dode rat zichtbaar. Hij moest pas kortgeleden in de ton zijn gegleden en had het misschien niet meer op eigen kracht gered langs de bemoste wand naar boven te klimmen. Hij lag op zijn zij, zijn lijf was bijna volkomen intact gebleven, alleen gaapte er in plaats van het linkeroog een diep zwart gat. Franz begon te brullen, de rat verdween onder de dikke bellen van zijn adem. Hij rukte zijn hoofd uit het water, klom van de ton af en begon te rennen. Nog steeds brullend liep hij rond het huis en verder over de weide tot onder aan de oever, waar zijn moeder grote lappen was aan de lijn tussen de twee berken hing. Hij kroop onder haar rok, omklemde haar knieën en wist dat hij voor de rest van zijn leven, maar ten minste tot aan het eind van de zomervakantie, daarbeneden in veiligheid tussen de smalle dijen van zijn moeder zou blijven zitten.

'Plop,' hoorde hij toen ze afdrukte en het schot de roos trof. Ze maakte een sprongetje op haar tenen en piepte van genoegen, maar bracht het geweer meteen weer in stelling. Franz probeerde het droge gevoel uit zijn mond weg te slikken. Pas nu had hij de tongpunt tussen haar snijtanden opgemerkt, een roze diertje dat voorzichtig buiten rondvoelde, even vochtig de bovenlip aantipte en naar zijn hol terug snelde, alleen maar om er meteen weer uit te komen en de als een parelketting glanzende rij tanden af te tasten, die in het midden door een donkere opening werd onderbroken. Nooit had hij het voor mogelijk gehouden dat een Boheemse opening in een rij tanden hem zou opwinden. De sappen deinden met zo'n geweld door zijn lichaam, dat hij even bang was zijn innerlijke evenwicht te verliezen en als een lege zak aan haar voeten neer te vallen. 'Plop' ging het weer en een van de Turken verloor zijn tulband. 'Boem, dood!' riep het meisje, en Franz moest hulpeloos toekijken hoe haar bovenlip zich daarbij een stukje naar voren welfde. Met een zacht duwtje van haar heup spoorde ze hem aan zijn geweer aan te leggen. Hij gehoorzaamde, maar zijn handen trilden en bovendien had hij last van een pijnlijke erectie, die hij probeerde te verbergen door zijn lendenen zo dicht mogelijk tegen de planken van de schiettent te drukken. 'Plop' ging het ook bij hem, maar het schot was ernaast. Het meisje lachte, de baas van de schiettent lachte en ook de Turkse hoofden leken hun gouden tanden vanwege hem te ontbloten. Hoewel de zon intussen achter de daken van de kermisattracties was verdwenen, zweette hij. Het zweet liep in een dun stroompje langs zijn rug en verzamelde zich bij de band van zijn onderbroek. Hij kneep een oog dicht en drukte nog eens af. 'Plop.' Ernaast. Het liefst was hij weggelopen, ver weg, naar zijn hokje achter de winkel, naar zijn bed thuis aan het meer of gewoon terug naar het grottentreintje om daar in het donkere sprookjesstof tot het einde van zijn dagen zijn eenzame rondjes te draaien. Toen voelde hij plotseling haar hand op zijn achterwerk. Ze had het geweer weggelegd en glimlachte naar hem. 'Schitten kan je nit, maar een leek kontje heb je wel,' zei ze en op dat moment was het duidelijk dat hij verloren was.

Ze liepen naar het Schweizerhaus, waar in de uitgestrekte biertuin een muziekkapel speelde en de gekleurde lampions in de boomkruinen opgloeiden. Bij een kelner met een snor bestelden ze twee kroezen Budweiser en twee aardappelpannenkoekjes, die zacht knapperden toen ze erin beten en waar het hete vet uit gulpte en op het tafelkleedje drupte. Het meisje sprak Tsjechisch met de kelner en terwijl Franz naar deze merkwaardig donkere taalmelodie luisterde, keek hij met de verloren blik van iemand die droomt naar de welving van haar bovenlip. Ze lachte en snorremans lachte en voordat Franz hem voor nog twee kroezen weg kon sturen, boog ze zich over tafel naar hem toe, legde haar hand op zijn wang en gaf hem een kus midden op zijn voorhoofd. 'Nu dansen!' riep ze, en Franz' hoofd begon te stralen als een van de lampions in de kastanje boven hem.

Arm in arm liepen ze dwars tussen de rijen tafels door naar de dansvloer en toen ze de planken ritmisch onder hun voeten voelden trillen, draaide ze zich om, legde een hand op zijn schouder, pakte hem met de ander bij zijn middel en begon op het ritme van de muziek te wiegen. Franz kon niet dansen en hield niet van dansen. Thuis had hij altijd geweigerd rondjes te draaien met een van die stevige boerenmeiden in dirndls die door hun borsten op knappen stonden, terwijl ze naar hem grijnsden met hun glanzende vollemaansgezichten. Ook het glaasje 's ochtends in Zum Goldenen Leopold had hij altijd gemeden en zelfs bij het Attersee-feest in de zomer had hij altijd helemaal aan de kant gezeten om zich roerloos en stil te wijden aan zijn ver over het meer wegvliegende gedachten. Maar nu danste hij. Eerst waren zijn bewegingen nog een beetje stijf en aarzelend, maar al snel werden ze soepeler, gevoeliger, vrijmoediger, tot hij zich ten slotte op een bepaald moment van zalige dwaasheid liet gaan en zich in de armen van deze ronde Boheemse koningin liet vallen, drijven, wiegen en schommelen. Hij voelde haar hand, die langzaam langs zijn heup dwaalde en weer op zijn achterste terechtkwam. Hij keek in haar ogen, zag haar glimlach, haar licht welvende bovenlip en de opening tussen haar tanden. En toen hij haar boezem tegen zijn buik voelde, gaf hij het definitief op zijn ondertussen tot kolossale afmetingen gegroeide erectie te willen verbergen.

Ze dansten tot hun voeten brandden. En elk lied was nog iets sentimenteler en nog iets hartverscheurender dan het vorige: 'Du sollst mein Glücksstern sein', 'Merci mon Ami', 'Ich werde jede Nacht von Ihnen träumen', 'Paris du bist die schönste Stadt der Welt', 'Mein Herz ruft immer nur nach dir', 'O Marita' enzovoort. Na ongeveer het tiende nummer hadden de muzikanten een bierpauze nodig en ze verlieten het toneel in de richting van de bar. Nog altijd hing het meisje tegen Franz' oververhitte lijf en plotseling voelde hij haar lippen tegen zijn oor. 'Hebben gedronken, hebben gedanst – en wat deden nu?' fluisterde ze en Franz had geen spiegel nodig om te weten dat er op zijn vuurrode gezicht een glimlach verscheen als van een gelukkige idioot. 'Ik heb nog tweeënhalve schilling,' zei hij met een wat schorre stem. 'Dat zijn vier kroezen bier, een paar rondjes op de schietkraam of een dubbele rit op het reuzenrad!'

Het meisje deed een stapje terug en keek hem aan. Er lag ongelovige verbazing in haar blik en Franz had heel even het idee dat haar bruine, warme ogen waren verstard. Als barnsteen, dacht hij, als de twee druppels barnsteen die hij als eersteklasser ooit in het streekmuseum van Bad Ischl had gezien, alleen donkerder en groter en zonder ingesloten insect erin. Maar de volgende seconde begonnen haar ogen alweer te glanzen, haar gezichtstrekken ontspanden zich en ze lachte. Het was een korte lach, hoog en schril, net als de vreugdekreet die ze helemaal boven op de stormboot had geslaakt. Ze omarmde Franz en drukte een smakker op zijn wang. 'Zo weer terug, knul!' zei ze, ze draaide zich om en liep weg. Gebiologeerd zag Franz hoe haar achterwerk in de maat van haar passen schommelde, zoals het net nog op het ritme van 'Merci mon Ami' had geschommeld. Als het zachte wiegen van de vissersbootjes, dacht hij en hij zag hoe ze in de houten barak verdween waarin de toiletten zich bevonden. Toen liep hij terug naar de tafel, ging zitten en bestelde nog twee kroezen bier.

Het duurde ongeveer een halfuur voordat hij definitief had begrepen dat ze zonder hem was weggegaan. Misschien was ze, ongezien door de voortdurende wirwar van komende en gaande gasten, door de biertuin gelopen, misschien was ze met stille trom door de achteruitgang naast de keuken vertrokken. In elk geval was ze niet meer te vinden. Hij was de rijen tafels een paar keer langsgelopen, had elke kelner afzonderlijk naar haar gevraagd, haar binnen in de lege gelagkamers gezocht en was zelfs onder het verontwaardigde gekrijs van de bezoeksters de toiletruimte in gegaan. Maar het Boheemse meisje was weg.

Hij goot de ondertussen warm geworden bieren naar binnen, vroeg met dikke tong om de rekening en verliet de biertuin, waar de muziek allang weer was begonnen te spelen en de paartjes dicht tegen elkaar aan wiegden op 'Was klopft da so weich in deiner Brust?' Met gebogen hoofd, zijn handen diep in zijn broekzakken weggestopt, liep hij door de nu al sterk uitgedunde stroom bezoekers in het Prater en keek pas weer op toen hij pal onder het reuzenrad stond. Van zijn resterende geld kocht hij een kaartje en stapte als enige passagier in de laatste wagon van de laatste ronde van die avond. Toen het schuitje met een gedempte schok van de grond kwam en langzaam hoger steeg, breidde de met lichtjes bespikkelde stad eronder zich uit. In de diepte het gekrioel van het Prater. Ginds de Stephansdom. Daar de Votiefkerk. Helemaal achteraan de Kahlenberg, een donker silhouet in de nachthemel. Franz legde zijn wang tegen het versleten hout van een raamkozijn en deed zijn ogen dicht. En toen de wagon op het hoogste punt was gekomen, het rad even stilstond en Franz het lichte schommelen onder zijn voeten voelde en de wind buiten hoorde fluiten, balde hij zijn vuist, haalde uit en sloeg zo hard tegen de planken wand dat de twee duiven die zich op het dak van het schuitje allang te ruste hadden begeven, verschrikt opfladderden en in de wijde nacht verdwenen.

De volgende ochtend werd Franz in zijn hokje wakker van ongewoon lawaai. Buiten werd de deur een paar keer onder hevig geklingel opengerukt en weer dichtgeslagen, er was woedend geschreeuw te horen. Franz herkende de kwade stem van Otto Trsnjek, onderbroken door de schorre bas van Roßhuber, de meester-slager, en steeds weer overstemd door het gejoel van een kleine mensenmenigte. Zo snel als zijn ellendige toestand het toeliet, stapte hij uit bed en trok zijn kleren aan. Zijn hoofd deed zeer en de knokkels van zijn rechterhand waren pijnlijk opgezet. Vanuit de spiegel staarde hem bleek en hologig de herinnering van de vorige avond aan. Hij dook proestend in zijn wasbak, gorgelde met zeepwater, droogde zijn gezicht af en liep naar buiten. Er had zich rond het sigarenzaakje een oploopje gevormd waarin Otto Trsnjek en de meester-slager als twee loerende kermisworstelaars tegenover elkaar stonden.

'Zo, ben jij je nest ook uit?' schreeuwde de sigarenboer naar hem.

'Wat is er dan aan de hand?' stotterde Franz.

'Kijk uit je doppen!' Otto Trsnjeks gezicht was donkerrood, op zijn slaap kronkelden een paar aderen als een hoopje blauwachtige wormen. Met een van zijn krukken wees hij trillend van woede op het sigarenzaakje. De stoep en de winkelpui waren met een roodbruine vloeistof beklad. Het zag eruit alsof iemand er een paar emmers verf of viezigheid op had leeggegooid. Op de winkelruit stond in grote, uitgelopen letters: HOEPEL OP JODENVRIEND!, en op de muur naast de toegangsdeur prijkte een rond geval, onhandig en blijkbaar haastig neergeklad, maar toch duidelijk herkenbaar als een reusachtig, menselijk achterwerk met rudimentaire gezichtstrekken, een zogeheten 'blotebillengezicht'.

Franz liep naar de etalage en voelde met een vinger voorzichtig aan de 'J' van JODENVRIEND. Het kladwerk was zo te zien met een grove kwast aangebracht en voelde weerzinwekkend aan – de randen waren droog en korstig, maar de dikkere plekken waren nog altijd kleverig en vochtig. Bovendien verspreidde het een afschuwelijke stank: ranzig, zoetig, maar ook een beetje zuur.

'Wat is dat?' vroeg hij zachtjes.

'Bloed!' schreeuwde Otto Trsnjek. 'Varkensbloed! Door onze toegenegen buurman Roßhuber hoogstpersoonlijk neergekledderd!'

'Wat eerst nog maar eens bewezen moet worden,' zei de meester-slager rustig. 'Bovendien is het geen bloed van een zeug, maar van een kippetje. Dat ziet toch iedereen!'

'Voor mijn part van een kippetje!' reageerde Otto Trsnjek fel. 'En wie is er de hele dag met die beesten aan de gang? En wie is zo hersenloos zelf zijn portret naast mijn deur te schilderen? En wie draagt er al zijn halve leven een hakenkruis aan de binnenkant van zijn revers en wacht alleen maar op de gelegenheid om het naar voren te draaien?'

'Wat ik in mijn kraag heb, gaat je geen donder aan,' zei Roßhuber en hij sloeg zijn reusachtige armen over elkaar. 'En het portret is al heel juist getroffen!'

'En je hand?' brulde Otto Trsnjek.

'Wat is daarmee?'

'Er kleeft immers bloed aan!'

'Wat moet er dan aan kleven? Ik ben tenslotte vleeshouwer!'

Otto Trsnjek slikte. Even zag het eruit alsof hij zijn krukken zou laten vallen en de meester-slager naar de strot zou vliegen. Maar opeens wendde hij zich tot de kring omstanders, die zich steeds dichter rond de gebeurtenissen had samengetrokken en nu tot een behoorlijk oploopje was aangegroeid.

'Deze man,' haalde hij uit. 'Deze zogeheten vleeshouwer – die je trouwens veel beter zou kunnen aanduiden als worstknoeier, omdat hij namelijk zijn worsten aanlengt met oud vet en zaagsel – deze zogeheten man en worstknoeier dus, heeft bloed aan zijn handen. Bovendien heeft hij stront in zijn kop en een zwarte poel in zijn hart. En als je zo rondkijkt staat hij daarin niet alleen. Tot nu toe heeft er alleen een zeug aan moeten geloven. Of voor mijn part een paar kippetjes. Tot nu toe is alleen het winkeltje van een sigarenboer bezoedeld. Maar ik vraag u hier en nu: wat of wie is de volgende?'

Niemand zei iets, een paar mensen grijnsden, een paar schudden hun hoofd, iemand vertrok, er kwamen anderen bij, die zich tussen de kijklustigen drongen.

'Er heeft er één bloed aan zijn handen en de anderen staan erbij en zeggen niets. Zo is het altijd!' ging Otto Trsnjek verder, terwijl Roßhuber er met een scheef glimlachje naast stond. 'Zo is het altijd, zo was het altijd en zo zal het altijd zijn, want zo staat het waarschijnlijk ergens geschreven en zo is het ingeprent in de ongelooflijk domme kop van de mensheid. Maar in die van mij nou net niet, dames en heren! Mijn kop doet nog wat hij zelf wil. Ik dans niet mee op jullie feestje. Ik steek geen hakenkruis achter mijn revers, ik knoei niet met mijn worst, ik hang niet op de stoep rond in het donker om onschuldige huizen met blotebillengezichten vol te smeren, ik zwijg niet, en aan mijn handen kleeft geen bloed, maar drukinkt, op zijn allerhoogst!'

Opeens leek alle kracht uit hem weg te vloeien. Zijn hoofd zakte tussen zijn schouders en hij staarde naar het plaveisel. Een paar seconden lang was het stil voor het sigarenzaakje. Alleen de handgrepen van de krukken, waar Otto Trsnjek zijn vingers krampachtig omheen klemde, knerpten zachtjes. Ten slotte vermande hij zich. Diep ademhalend richtte hij zijn hoofd op, wendde zich tot de meester-slager en spuwde samen met een paar speekseldruppeltjes de volgende woorden ter afsluiting in zijn gezicht: 'En dan nog iets, Roßhuber, in 1917 heb ik voor ons land een been achtergelaten in een modderig gat in de aarde. Over heb ik alleen dit ene been nog. Het is oud, tamelijk stijf in de heupen, en het voelt zich soms een beetje eenzaam – maar voor een duchtige trap in je reet zal het indien nodig altijd nog wel volstaan!'

Daarmee liet hij de meester-slager en de andere mensen staan en verdween met twee krachtige zwiepen van zijn krukken in zijn sigarenzaakje. Achter hem sloeg de deur zo hard in het slot, dat de ruiten rinkelden en het gebeier van de klokjes tot een welhaast stormachtig fortissimo aanzwol.

In de weken na deze gebeurtenissen was Franz steeds weer naar het Prater gereden om op zoek te gaan naar het meisje. Urenlang had hij door straten en stegen gezworven, in cafés gezeten of voor de stormboot rondgehangen, steeds in de hoop het gezicht met het stroblonde haar ergens te zien verschijnen. Tevergeefs. Bovendien was het de laatste tijd onbehaaglijk koud geworden. De winter brak dit jaar vroeger dan anders aan, in de koude motregen mengden zich eerste sneeuwvlokken, algauw lagen de kermisattracties onder een dichte deken van sneeuw, en de een na de ander moest de zaken stilleggen. Alleen een paar stalletjes, de restaurants en de ponycarrousel trotseerden de koude en de sneeuw. Bibberend stond Franz voor de ronde piste en benijdde de paarden, die ondertussen een wollige wintervacht hadden gekregen en niet gehinderd door de liefde of andere dwalingen hun rondjes door het koude zand stapten.

's Nachts lag hij vaak urenlang wakker, dacht aan de Boheemse opening in de rij tanden en wentelde zich in zijn eigen warmte. Als hij dan ten slotte de langverwachte slaap vond, stortten er zich meteen wilde dromen op hem: varkensbloed druppelde van het plafond regelrecht in het ronde vat, dat zijn schedel was, het bed schommelde hoger en hoger tot in die zonlichte vreugdekreet, ging dwars door een reusachtige zwarte opening op een blauw wagentje het eeuwige duister van de grot in. Zijn moeder verscheen en streek met haar handrug over Otto Trsnjeks been, waar Sigmund Freud zo onbedaarlijk om moest lachen, dat hij zijn hoed verloor, zijn vleugels uitsloeg en hoog boven de spitsen van de Votiefkerk achter de ondergaande zon aan zeilde.

Als het te erg werd, sloop Franz door de kleine deur via de binnenplaats het sigarenzaakje uit en liep zo lang doelloos door de straten tot het hoefgeklepper van de melkwagens te horen was en de grijze winterdag aanbrak boven de besneeuwde daken. Het lopen door de stille straten kalmeerde hem, hij hoorde de sneeuw onder zijn voetstappen knerpen en zag zijn adem als een ijl vlaggetje wegwaaien voor zijn gezicht. In het vroege schemerlicht, als de lantaarnmannen op hun ladders klommen en de gaslantarens uitdeden, en de eerste arbeiders met beschaduwde gezichten op weg naar de vroege ploegendienst gingen, bewoog hij zich alleen nog voort in een nevelige, onzekere toestand tussen waken en dromen. En terwijl hij dan langzaam en moe terugsloop naar het sigarenzaakje, kwam het Boheemse meisje hem op elke hoek tegemoet. Boheems meisje onder de lantaarn. Boheems meisje achter het hek. Boheems meisje in een huisportiek, haar gezicht verlicht door de gloed van een sigaret. Boheems meisje in het uitstalraam, haar armen naar hem uitgestrekt en glimlachend.

(Kaart met slottuin van Schönbrunn, verlicht door lantarens en gesuikerd met sneeuw)

Beste moeder,
Nu ben ik al vrij lange tijd hier in de stad, toch lijkt alles me eerlijk gezegd steeds vreemder. Maar misschien is dat met het hele leven zo: vanaf je geboorte kom je met elke nieuwe dag een stukje verder van jezelf af te staan, tot je het op een bepaald moment helemaal niet meer weet. Kan het zijn dat dit werkelijk het geval is? Vraagt met veel groeten,
Je Franz

(Kaart met Attersee, groenglanzend als een sieraad, blijkbaar vanuit een vliegtuig of een zeppelin gefotografeerd)

Beste Franzl,
Ben je misschien verliefd geworden? Dat zou namelijk een verklaring zijn voor wat er met je aan de hand is. Verliefd worden wil zoals bekend zeggen dat je het niet meer weet. Op je vraag kan ik alleen maar zeggen: het hele leven is een aaneenschakeling van uit elkaar gaan. Als moeder weet ik dat maar al te goed. Maar zo is het nu eenmaal en je went eraan. Verder hoop ik dat het je goed gaat en dat je Otto Trsnjek niet te schande maakt. Bij ons aan het meer is er ondertussen geen nieuws, en dat is eigenlijk ook heel prettig. Met een stevige omhelzing groet je,
Je mama

'Je ziet er slecht uit,' zei Otto Trsnjek zonder van zijn boekhouding op te kijken.

'Wat?' vroeg Franz verward en zijn hoofd, dat even daarvoor op zijn borst was gezakt, schoot omhoog. Sinds hij in het Prater zijn geluk had gevonden en meteen weer had verloren, waren er intussen twee maanden voorbijgegaan. Twee maanden vol mistroostige dagen en slapeloze nachten.

'Dat je er slecht uitziet!' herhaalde Otto Trsnjek. 'Hoogst beroerd, om precies te zijn. Als de dood van Ieperen. Lijkbleek, broodmager, hondsmoe en minstens tien jaar ouder dan je bent. Als dat zo doorgaat, kun je volgend jaar pensioengeld aanvragen.'

'Nee, nee, het gaat prima met me,' zei Franz snel en hij bukte naar de krant die uit zijn slappe handen was gegleden. 'Misschien dat het weer me ergens zwaar valt, maar verder is alles in orde.'

'Wat is er dan mis met het weer?'

'Het is een... beetje koud.'

'Tja, het is winter.'

'Ja,' zuchtte Franz zachtjes, 'winter.'

Over de rand van zijn bril keek de sigarenboer naar zijn leerjongen, die nu probeerde zijn hoofd diep in het economische katern te verbergen.

'En wat, behalve de uitermate ongewone omstandigheid dat de winter zich dit jaar al in december op ons heeft gestort, zit je nog meer dwars?'

Het duurde een paar seconden voordat Franz zijn weerstand opgaf. Maar toen liet hij de krant definitief op de planken glijden, sprong van zijn krukje en riep vol vertwijfeling naar het stoffige plafond: 'Ik ben verliefd!'

In een fractie, ongeveer de helft van de tijd die je nodig hebt om een kop vluchtig door te nemen, had Otto Trsnjek de explosieve kracht van het onderwerp ingezien. 'Godsallechristus,' ontglipte er aan zijn mond, 'dat is erg!'

'Meer dan erg,' riep Franz uit. 'Het is een ramp! Wat moet ik doen?'

Otto Trsnjek dacht na. Ten slotte haalde hij zijn schouders op. 'Ik heb geen flauw idee. Ga naar het binnenbad en zwem een paar rondjes. Dat is goed voor de botten en het verzet je gedachten!'

Franz liet zijn handen zakken en keek hem aan. Voor het eerst viel hem op hoe klein de sigarenboer was. Het was alsof hij de laatste tijd was gekrompen. Binnenkort zou hij definitief verdwenen zijn in de stoffige schaduw van zijn stapel tijdschriften.

'In het binnenbad?'

Otto Trsnjek krabde achter zijn rechteroor. Zijn blik dwaalde langzaam over de toonbank, gleed over de rand naar de grond, kroop in boogjes over de vloerplanken en bleef ten slotte ergens vlak voor Franz' schoenpunten hangen.

'Luister, ik begrijp niets meer van die dingen. Vroeger misschien, toen was ik in dat opzicht nog wel in beweging te krijgen. Vraag maar aan je moeder, die zal het zich waarschijnlijk wel herinneren. Maar dat is lang geleden. Een half mensenleven. Eerlijk gezegd is met mijn been ook mijn jeugd in de loopgraaf blijven liggen. Zo is het en niet anders. Dat is soms bitter, maar het heeft in feite ook zijn goede kanten. De liefde heeft ondertussen geen vat meer op me. Wat verhoudingen betreft heb ik rust en als ik me wil opwinden lees ik de krant. In de wereld gebeuren dwaasheden genoeg, dan hoef ik er zoiets niet ook nog bij hebben in mijn winkel. Als ik je dus een eenvoudige raad mag geven, onbeholpen leerjongen van me, zoek voor zulke delicate kwesties iemand anders en val mij er niet mee lastig.'

Hij glimlachte een beetje verlegen, blies toen zorgvuldig de punt van zijn pen droog en boog zich diep over zijn boeken. Na een tijdje ging Franz weer zitten en beiden zwegen voor de rest van de dag.

In de Berggasse 19 hingen nog altijd de meest fantastische geuren in de lucht, het rook er naar omeletsoep, gebraden rundvlees met uien, aardappelen met peterselie en ook naar vanillepudding, overgoten met warme pure chocola en bestrooid met vers geroosterd amandelschaafsel. Professor Sigmund Freud deed zijn servet af, opende onopvallend de bovenste knoop van zijn broek en vouwde met een tevreden kreun zijn handen over zijn buik. Bij wijze van uitzondering – en alleen omdat Martha, de echtgenote van de professor, met een lichte verhoging en een onaangename kriebelhoest twee kamers verderop in bed lag – had deze zondag zijn dochter Anna achter het fornuis gestaan. Anna had zich door de jaren heen niet alleen ontwikkeld tot een buitengewoon productieve en meevoelende psychoanaliste (sterker nog, tot de enige legitieme opvolger van haar vader en tot trouwe dragende kracht van zijn werk), maar ook – wat Freud heimelijk bijna nog meer wist te waarderen – tot een even begaafde als kordate kokkin. Gebraden rundvlees met uien in het bijzonder kon ze klaarmaken zoals vrijwel niemand anders in Wenen: het vlees was sappig en precies gaar, de uien in bloem en boter goudgeel geroosterd en de aardappelen waren met verse, zeer fijn gehakte snippers peterselie bestrooid. Freud keek vanuit zijn ooghoeken naar zijn dochter. Nog steeds zat ze met een zilveren lepeltje wat te poken in haar pudding en ze bladerde tegelijkertijd in een van Arthur Schopenhauers dikste pillen. Ze had het haar aan weerskanten op haar achterhoofd opgerold tot een soort slakkenhuizen, waarin een paar winterse zonnestralen glinsterden die rond het middaguur een paar minuten lang in de kloof tussen de huizen van de Berggasse en tot hier in de eetkamer van de familie Freud verzeild waren geraakt. Het was hem altijd een raadsel geweest waar vrouwen de vingervaardigheid en het geduld vandaan haalden om dergelijke bouwsels op hun hoofd op te richten. Uit de slaapkamer klonk een zacht hoesten, gevolgd door een behaaglijk steunen en wat ondefinieerbare bedgeluiden. Ach, de vrouw, dacht Freud met zwijgende verwondering, wat wil ze toch en wat moeten we ermee? Op hetzelfde moment voelde hij Anna's blik op zich gericht, deze blik waarvan hij meer hield dan wat dan ook in zijn leven. 'Ik kijk maar liever nog even!' zei ze. Toen legde ze lepeltje en Schopenhauer weg, liep naar het raam en keek beneden naar de straat.

'Hij is er nog steeds!'

Freud kuchte. 'Hoelang zit hij daar al beneden?'

'Een uur of drie.'

'Bij deze kou?'

'Hij heeft een sjaal.'

Met de punt van zijn tong tastte Freud voorzichtig langs de randen van zijn kaakprothese. De scherpe kant daarachter moest worden gepolijst en de hoek opzij een beetje bijgeslepen. Tijdens het eten waren de pijnen in zijn mond nog draaglijk geweest, maar nu werd het langzaam weer erger. In feite waren al die dokters niets waard. Misschien moest hij de volgende keer een meubelmaker opzoeken. Of meteen maar een grafsteenslijper. Een tijdje staarde hij met een uitdrukkingsloze blik voor zich uit. Er lag een enkel stukje amandel naast de broodschaal op het tafellaken. Hij pikte het op met zijn vingertop en schoof het in zijn mond. Toen, met een zucht die het leed van de hele mensheid in zich leek te dragen, stond hij op en zei: 'Ik rook vandaag buiten!'

Franz sprong onmiddellijk op toen aan de overkant de zware poort openging en de professor naar buiten kwam. Bijna had het vuur van zijn vlijt hem meteen weer gevloerd, zijn benen waren zo stijf als een plank en zijn achterste deed pijn van het urenlange zitten op de koude houten bank. Maar nu stond hij overeind en zag hoe de professor op een beetje wankele benen en in zijn gewone gebogen houding de straat overstak en recht op hem afkwam.

'Mag ik gaan zitten?' vroeg Freud en hij liet zich zonder antwoord af te wachten op de bank zakken. Met zijn vingertoppen viste hij een matzilveren doosje uit zijn jaszak en nam er een Virginia uit. Maar voor hij die tussen zijn lippen kon steken, zat Franz al naast hem en hield een lange, slanke sigaar voor zijn gezicht. De professor slikte. 'Een Hoyo de Monterrey,' zei hij met een wat hese stem. Franz knikte: 'Op de zonnige, vruchtbare oevers van de San Juan y Martínez-rivier door dappere mannen geoogst en door hun mooie vrouwen met de gevoelige hand gerold.'

Freud tastte de sigaar over de hele lengte voorzichtig af en duwde er met duim en wijsvinger zachtjes op.

'Een geurige havanna, die licht van smaak is, maar die door grote elegantie en complexiteit overtuigt,' zei Franz met een vanzelfsprekendheid die niet verried hoeveel moeizame nachtelijke uren het hem had gekost om de beschrijvingen op de sigarenkistjes uit zijn hoofd te leren. Uit zijn broekzak haalde hij een verzilverde sigarenknipper en gaf die aan de professor. 'Een havanna moet precies langs de lijn worden geknipt – waar dop en schutblad tegen elkaar liggen!'

Freud sneed de punt af en stak de Hoyo aan met een lucifer van een vingerlengte. Daarbij hield hij de vlam op ongeveer tien centimeter afstand en zoog net zo lang tot het vuur het brandeinde had bereikt. Toen draaide hij de sigaar langzaam tussen zijn vingers om en blies voorzichtig op de gloed. Met een flauwe glimlach leunde hij achterover en keek de blauwige rook na die in de heldere winterlucht wegkringelde.

'En nu, zeg op! Wat wil je?'

Franz schraapte omstandig zijn keel, schoof met zijn achterste over de bank heen en weer, schraapte zijn keel nog eens en wendde zich ten slotte met de uitdrukking van een drenkeling tot zijn buurman.

'Ik ben verliefd, meneer de professor!'

Freud hield de sigaar in het zonlicht en bekeek haar in gedachten verzonken.

'Gefeliciteerd!' zei hij. 'Je laat er geen gras over groeien, hè?'

'Nee, meneer de professor, maar ik heb *haar* verloren!'

'Wie?'

'Het meisje!'

'Maar je zegt net dat je verliefd bent.'

'Ja, maar ongelukkig verliefd!' knalde het uit Franz als de kurk uit een flink geschudde champagnefles. Freud, die weer last kreeg van zijn kaakprothese, hield zijn hoofd schuin en staarde een tijdje naar de lege ruimte tussen de bank en de toegangspoort. 'Ut desint vires, tamen est laudanda voluntas,' zei hij ten slotte en het klonk als wilde hij elk woord apart tussen zijn tanden fijnmalen.

'Wat zegt u, meneer de professor?'

'Dat wil zoveel zeggen als: kop op!'

'Hoe kan zo'n lange zin zo'n korte betekenis hebben?'

'Dat is vaak zo met zinnen. Wie veel praat, heeft meestal weinig te zeggen,' antwoordde Freud wat korzelig. 'Trouwens, wat heb ik eigenlijk met het hele geval te maken?'

'Het is toch uw schuld!' riep Franz uit. 'U hebt me toch aangeraden me te amuseren en een meisje te zoeken!'

'Dus jij maakt van de dokter een ziekteverwekker?'

'Ach, wat!' Franz sprong op en begon met grote schreden voor de bank heen en weer te lopen. 'Ik weet niets van dokters en ziekteverwekkers. Ik weet alleen maar dat *ik* er ziek van ben! En wel de godganse dag door. Ik kan nauwelijks werken. Ik kan nauwelijks slapen. Ik droom idiote dingen. Ik ren tot zonsopgang rond door de stad. Ik heb het warm. Ik heb het koud. Ik voel me niet lekker. Ik heb buikpijn, hoofdpijn, pijn in mijn hart. Alles tegelijk. Nog niet zo lang geleden zat ik aan de oever en keek naar de eendjes. En ik ben nog niet in de stad of de hele boel ligt overhoop. Niet alleen in mij trouwens, maar overal waar je kijkt. In de kranten kun je het immers nalezen, de ene dag roepen ze allemaal om die Schuschnigg. De volgende dag roepen ze allemaal om die Hitler. En ik zit in het sigarenzaakje en ik vraag me af: wie zijn dat eigenlijk, die twee? Ik poets varkensbloed van de etalage en zit jankend in het sprookjestreintje. Ik dans met het mooiste meisje van de wereld. En het volgende moment is ze weg. Verdwenen. Nooit in mijn leven geweest. En nu vraag ik u: ben ik getikt geworden? Of is de hele wereld getikt?'

Professor Freud knipte met zijn wijsvinger de as van zijn Hoyo en blies voorzichtig op de gloed. 'Ten eerste, ga eens zitten,' zei hij kalm. 'Ten tweede, ja, de wereld is getikt geworden. En ten derde, maak je geen illusies – ze wordt nog veel getikter!'

Franz liet zich neervallen op de bank en staarde ongelukkig voor zich uit. 'Wat kan mij het ook schelen of de wereld haar eigen ondergang tegemoet gaat of niet. Het enige wat mij interesseert, is dat meisje.'

'Hoe heet ze eigenlijk?'

'Weet ik niet.'

'Je kent haar naam niet eens?'

'Eigenlijk weet ik helemaal niets van haar. Behalve dan dat ze Boheems is. En dat ze de mooiste opening tussen haar tanden ter wereld heeft.'

'De mooiste opening tussen haar tanden ter wereld? Je lijkt het werkelijk te pakken te hebben.'

'Dat zeg ik toch.'

'En wat verwacht je dan van mij?'

'U bent toch doctor! En bovendien professor.'

'Ja, en?'

'U hebt boeken geschreven. Heel veel boeken! Staat daar dan echt niks in dat me kan helpen?'

'Eerlijk gezegd denk ik van niet.'

'Waar zijn al die boeken dan goed voor?'

'Dat vraag ik me ook wel eens af.' Freud trok zijn voeten onder de bank, duwde zijn hoed over zijn voorhoofd en trok met een hand zijn kraag omhoog. Een paar sigarentrekjes lang zaten ze zwijgend naast elkaar. De zon was achter de daken verdwenen, ondertussen was het nog kouder geworden op de bank. Franz zag dat de hand van de professor licht trilde, toen hij de sigaar naar zijn mond bracht. Zijn huid was vlekkerig, spande dun als zijdepapier over de pezen en was met een dun net van blauwige aderen doorsneden. Pas nu viel het Franz op hoe oud en fragiel Freud was. Hij wikkelde zijn sjaal los en gaf die aan de professor.

'Wat moet ik daarmee?' bromde de oude man.

'Het is winter – u moet niet uw gezondheid op het spel zetten!'

'Ha!' barstte Freud in lachen uit, met een zweem van bitterheid in zijn stem. 'Ik ben zo oud, wat moet ik anders nog op het spel zetten!'

'Niemand is te oud voor de zelfgebreide wollen sjaal van mijn moeder!' wierp Franz streng tegen en hij wond de sjaal met een elegante beweging om de schriele hals van de professor. Freud verstijfde een ogenblik van ongeloof, stak vervolgens zijn kin uit de dichte wol en hield zich weer bezig met zijn bijna tot de helft gekrompen sigaar.

'Die jongedame heeft je dus laten zitten,' mompelde hij bij zichzelf. 'Tot zover de feiten. Volgens mij heb je nu om precies te zijn twee mogelijkheden. Mogelijkheid nummer één: haal haar terug! Mogelijkheid nummer twee: vergeet haar!'

'En dat is alles?'

'Dat is alles.'

'Duizendmaal pardon, meneer de professor, maar als uw raadgevingen net zo zijn als deze, begrijp ik niet waarom de mensen zoveel geld betalen om op uw divan te mogen liggen!'

Freud zuchtte. Een fractie van een seconde dacht hij erover toe te geven aan een diep vanbinnen opwellend gevoel van toorn, en het leven van zijn Hoyo op het voorhoofd van deze impertinente boerenjongen te smoren. Hij besloot het niet te doen en blies nu blauwige kringetjes de lucht in.

'De mensen betalen zoveel geld omdat ze van mij juist *geen* raadgevingen te horen krijgen. En misschien moet ik je eraan herinneren dat *jij* degene bent die op de dag des Heren drie uur voor mijn huis rondhangt om mij vervolgens met een – toegegeven, voortreffelijke – sigaar om te kopen en mijn raad in te winnen!'

'Ik ben nu eenmaal vertwijfeld!'

'Ja ja,' zuchtte Freud, 'zelfs de besten onder ons lijden schipbreuk op de klippen naar het vrouwelijke!'

'En ik behoor beslist niet tot de besten.'

'Dat moet nog blijken,' zei de professor en hij keek op naar het raam van de eetkamer, waar Anna was opgedoken en hem met dreigend opgeheven wijsvinger zonder enig misverstand te kennen gaf nu, meteen, onmiddellijk weer de warmte in te komen.

'Is dat uw dochter?'

De professor knikte. Met de breedste glimlach waartoe Franz met zijn bevroren wangen in staat was, groette hij Anna boven, die prompt even wuifde met haar hand, meteen daarna met een paar snelle bewegingen de gordijnen rechttrok en erachter verdween.

'Ze lijkt een beetje op mijn moeder. Van veraf, bedoel ik.'

'Moet je me per se mijn oudtestamentische leeftijd onder ogen brengen?' mopperde Freud. Hij sloot zijn ogen en nam een laatste, geconcentreerde trek van zijn Hoyo. Maar het was voorbij. De smaak van de sigaar was nauwelijks meer in staat hem de pijnen in zijn mond te laten vergeten. Voorzichtig legde hij de rest van de sigaar op de armleuning en zag hoe de gloed langzaam doofde.

'Zo gaat ze waardig heen...' mompelde hij, toen ze uitging, en Franz knikte. Ze keken elkaar aan.

'En nu?' vroeg Franz.

'Nu schrijf ik je een recept voor,' antwoordde Freud, 'om precies te zijn zelfs drie recepten. En hoewel het een beetje paradoxaal klinkt, schrijf ik je die drie recepten mondeling voor. Dus let op en onthoud ze goed! Eerste recept (tegen je hoofdpijn): stop met nadenken over de liefde. Tweede recept (tegen je buikpijn en de verwarde dromen): leg pen en papier naast je bed en schrijf meteen na het wakker worden alle dromen op. Derde recept (tegen de pijn in je hart): haal het meisje terug – of vergeet haar!'

De zon was allang verdwenen. De koude wind blies een paar krantensnippers de Berggasse af. Iemand deed het raam open, muziek sloeg even naar buiten, een of andere blikkerige mars, daarna was het weer stil. De professor vermande zich moeizaam en ze stonden op.

'Ik wens je veel geluk, Franz!' zei hij en hij stak zijn hand uit. Franz voelde de vingers van de oude man in zijn hand, schraal en licht als een bosje droog rijshout.

'Dat kan ik gebruiken!'

Freud was de straat al overgestoken en wilde net de huissleutel uit zijn jaszak halen, toen Franz' stem, trillend van de kou, hem nog eenmaal inhaalde: 'Mag ik misschien ook een keer op de divan, meneer de professor?'

Freud draaide zich om.

'Wat wil je daar dan op de divan?'

'Weet ik niet. Maar als ik er eenmaal op lig, zal ik er wel achter komen!'

Freud staarde de jongen ongelovig aan. Hij schoof zijn hoed van zijn voorhoofd en bracht met twee vingers draaiend zijn baard in orde.

'Eerst de recepten – dan zien we verder, goed?'

'Goed.'

Ze zwegen een paar seconden. Ten slotte vertrok Freud zijn mond tot een scheve glimlach en stak de sleutel in het slot.

'Vrolijk kerstfeest, Franz!'
'Vrolijk kerstfeest, meneer de professor!'

Tijdens de kerstdagen was het sigarenzaakje gesloten. Vol vertrouwen had Otto Trsnjek de sleutels en de verantwoordelijkheid voor de rustige winkel aan Franz overgelaten en was naar een achternicht in Potzneusiedl in Burgenland gereisd om 'zijn ziel en zijn been in de Burgenlandse ledigheid een beetje rust te gunnen'. Franz bracht de meeste tijd door in zijn hokje, enerzijds om krachten op te doen voor de ophanden zijnde herovering, anderzijds omdat hij sinds de zondagmiddag op de houten bank door een felle verkoudheid werd geteisterd. Buiten sneeuwde het al dagen achtereen. Ondertussen hadden de stedelijke sneeuwruimerstroepen, bestaande uit uitgemergelde werklozen en legersoldaten met naïeve boerenjongensgezichten, de sneeuw tot halverwege de etalageruiten opgehoopt. In het sigarenzaakje was het schemerdonker en stil en Franz werd niet lastiggevallen. Meestal lag hij in bed en verdreef de tijd met het luisteren naar het zachte bulderen van de kolenkachel en het denken aan de Boheemse opening in een rij tanden. Op kerstavond stak hij een kaars aan en werkte de complete inhoud naar binnen van het tot aan de deksel met vanillehalvemaantjes, reuzeloliebollen, jamkussentjes en ander naar thuis en kindertijd geurend gebak gevulde pakket dat zijn moeder hem had gestuurd. Op de bodem van de doos vond Franz een fototje. Het was zijn moeder op de besneeuwde ijsvlakte van de Attersee. Ze droeg een van haar zelfgebreide ijsmutsen, een wollen vest, een winterrok en haar oude, met dik konijnenbont gevoerde, lage bergschoenen. Ze keek recht in de camera en lachte. Eén arm had ze uitgestrekt en ze leek ergens op te wijzen, misschien op de hut, misschien ook op de in mist gehulde top van de Schafberg daarboven. Het was vrij zeker dat Sieglmeier, de plaatselijke pastoor, de foto had genomen. De pastoor was een van de weinige Nußdorfers die in het bezit waren van een fototoestel, en waarschijnlijk had zijn moeder hem omgekocht met een pikante vissoep, verse appelflappen of de belofte van regelmatige kerkbezoeken. Een enkele traan viel nu op de foto en vormde een vochtige, ronde vlek, precies op de plaats waar zijn moeders arm de hemel in stak. Franz veegde er snel met zijn duim over en draaide de foto om. Op de achterkant stond met lichtblauw kleurpotlood geschreven:

Lieve Franzl,
Ik wens je van harte een vrolijk kerstfeest en een gezegend nieuwjaar.
Je mama
PS *Ben je nog verliefd?*
PPS *Als je broeken vuil zijn, kun je me die sturen.*
PPPS *Stop met 'moeder' op je kaarten te schrijven, ik ben je mama en daarmee uit.*

Franz koos een bijzonder indrukwekkende kaart uit het rek (Johann Straussmonument met sneeuwmuts op het hoofd en Sängerknaben eromheen) en schreef in zijn mooiste handschrift met vulpen:

Beste mama,
Nu is het kerstfeest alweer bijna voorbij en de dingen uit je pakket zijn allemaal op. De laatste tijd was het een beetje vermoeiend, maar in het nieuwe jaar zal alles zeker weer in orde komen.
Je Franzl
PS *Ik ben nog verliefd.*
PPS *Mijn broeken zijn niet vuil.*
PPPS *Nou goed.*

Precies op tijd, op oudejaarsavond, was de koorts van de neusverkoudheid eindelijk over en Franz ging op weg naar de Annagasse in de binnenstad, waar hij in een 'wereldberoemd en zeer gerenommeerd dansetablissement', zo beloofden de in verschillende kranten handig geplaatste advertenties, te midden van honderden Weners en Weensen de jaarwisseling vierde door een onder zijn hemd meegesmokkelde anderhalveliterfles azijnzure Weißburgunder leeg te drinken en met een dikke vrouw te walsen. De volgende dag, de eerste van 1938, het hoopvolle nieuwe jaar, stapte hij meteen in alle vroegte op de tram en hobbelde door de dwarrelende sneeuw in de richting van het Prater. Het reuzenrad stak donker en roerloos de hemel in en de kermisattracties lagen als dood onder een dikke sneeuwdeken begraven. De laantjes waren bijna leeg, alleen hier en daar liep een enkele wandelaar tussen de kraampjes door. Aan de grote stormboot hingen glinsterende ijspegels en op het bovenste schuitje zat een kraai die met zijn snavel in de sneeuw pikte. Franz liep het Schweizerhaus in, waar de lichten al brandden en de ingang voor het eerste ochtenddrankje van het jaar sneeuwvrij was geschept. Hij liep de gelagkamer in en direct op de kelner met de snor af, die achter de tap stond en met vermoeide oogopslag een net gepoetst glas in het zwakke plafondlicht bekeek.

Kon hij de jongeheer ergens mee van dienst zijn, vroeg de kelner zonder hem aan te kijken. Franz liet zijn blik verveeld door de kamer dwalen en schoof terloops een biljet over de tapkast. Hij had een vraagje, eigenlijk maar een kleinigheid, snel gesteld en nog sneller beantwoord.

Dat moest dan werkelijk een minieme kleinigheid zijn, vond de kelner, als hij tenminste uitging van de waarde van dit vodje papier. Zwijgend haalde Franz nog een biljet uit de zak van zijn colbert en legde het naast het andere. De kelner zette het glas in het rek terug en liet het geld in zijn schort verdwijnen.

Meekomen, zei hij.

Buiten sneeuwde het nu nog heviger. Dikke, zachte vlokken vielen geluidloos uit de hemel, raakten in hun haren vast en bleven aan hun wimpers hangen. Franz en de kelner zochten beschutting onder een grote kastanje.

Om welke kleinigheid het dan precies ging, wilde de kelner weten.

Om een landgenote van hem, zei Franz, een Boheemse.

Alleen omdat hij Tsjechisch sprak, zei de kelner, was hij nog lang geen Bojemer, dat mocht duidelijk zijn. In de boomkruin boven hen ritselde het zachtjes en een handvol sneeuw dwarrelde naar de grond.

In ieder geval kon meneer de ober zich vast wel herinneren, zei Franz, hoe hij en dat Boheemse meisje nog helemaal niet zo lang geleden hier onder de kastanje een paar biertjes hadden gedronken en hadden gedanst. Ze was heel knap. Nogal rond, met zonneblond haar, een zacht gewelfde bovenlip en een als door Gods hand gebeeldhouwde opening tussen haar tanden.

De kelner haalde zijn schouders op. Het was niet altijd even eenvoudig om je iets te herinneren, zei hij en hij keek treurig naar de kleine sneeuwkap op zijn schoenneuzen. Franz zuchtte en haalde nog een biljet uit zijn jaszak.

O ja, zei de kelner, heel vreemd, maar nu schoot het hem weer te binnen, was het geen dikke Boheemse.

Rond, zei Franz, rond, niet dik.

Voor mijn part, zei de kelner. En verder nog?

Haar adres, antwoordde Franz, of meneer de ober haar adres had. Of haar naam. Of iets anders. Hij kende haar toch, dat was immers duidelijk geweest.

Als kelner in het Prater kende je nu eenmaal veel mensen, wierp de kelner tegen, daarom was het lastig.

Franz stopte een laatste biljet in zijn schort. Was het nu misschien wat makkelijker?

De kelner glimlachte. Waarom het eigenlijk uitgerekend zo'n vette boerentrien moest zijn, wilde hij weten, er waren in het Prater tenslotte nog heel andere mogelijkheden, daar viel zeker wat te organiseren.

Rond, zei Franz met een starre blik, rond, niet vet.

Rond of vet was maar een kwestie van definitie, vond de kelner, maar goedkoop bleef hoe dan ook goedkoop.

Er knapte iets in Franz. Met een onderdrukte kreet wierp hij zich op de kelner en begon op hem in te slaan. Snorremans dook uit de weg, huppelde twee pasjes opzij, eentje terug en nog een naar voren en haalde uit met een bliksemsnelle rechtse. De stoot trof Franz precies op de inplanting van zijn neus, er klonk een hol geluid en er viel een schaduw op hem neer die alles met stille duisternis bedekte.

Twee seconden later was Franz weer bij bewustzijn. Hij lag op zijn rug en keek recht in de snor van de kelner boven hem.

Hij was wel niet helemaal in vorm, zei de kelner goedmoedig, maar voor zo'n boerenkop van twijfelachtig allooi zou het net moeten volstaan. Zou hij hem maar helpen opstaan?

Nee, bedankt zei Franz en hij bleef liggen.

De kelner zei dat een mens toch niet meteen driftig hoefde te worden als het om de vrouwen ging.

Nee, waarschijnlijk niet, antwoordde Franz.

De kelner keek hem vaderlijk streng aan. Maar wat een flauwekul toch!

Franz knikte. Kon hij dan misschien nu toch het adres of de naam krijgen?

Koppig als een Stiermarkse os, zei de kelner hoofdschuddend.

Nee, als een Opper-Oostenrijkse, zei Franz, terwijl de zoete smaak van bloed zich in zijn mond verspreidde.

Voor mijn part, zei de kelner. Op zijn dichte haardos had zich ondertussen een sneeuwmutsje gevormd, wat hem een wat grootvaderlijk voorkomen gaf. Uit de gelagkamer kwam het geroezemoes van zijn collega's. Gelach. Iemand hief een lied aan. Toen was het weer stil. De kelner zuchtte.

Hier heel dichtbij, in het tweede district, zei hij, het gele huis in de Rotensterngasse. Gewoon de ratten volgen, links een hoop puin, rechts een hoop puin. Daar zou de jongeheer eens kunnen gaan kijken, als het dan absoluut moest.

Bedankt, zei Franz.

Graag gedaan, zei de kelner. Hij hupte een paar keer op en neer, klopte de sneeuw van zijn schoenen en haalde zijn vingers door zijn snor.

Dat rotweer was hopelijk binnenkort ten einde, zo kon het toch niet doorgaan.

Franz knikte.

Maar nu moest hij echt weer naar binnen, zei de kelner, de hele zondag onder een besneeuwde kastanje staan te niksen kon toch ook de bedoeling niet zijn.

Precies, zei Franz, tot ziens.

Tot ziens.

Nadat de kelner in de gelagkamer was verdwenen, bleef Franz nog een tijdje liggen en keek omhoog naar de sneeuwjacht. Al na korte tijd leek het alsof de vlokken niet naar hem toe kwamen gevlogen, maar alsof hijzelf van de grond opsteeg en met toenemende snelheid wegstoof, steeds hoger en hoger de stille, wijde hemel in.

Het gele huis in de Rotensterngasse was een ruïne, rijp voor de sloop. Zoals de kelner had gezegd, hoopte links en rechts van de ingang het puin zich metershoog op. Overal brokkelde de pleisterkalk af, de ramen waren grijs van het stof of met planken dichtgetimmerd. Er hingen bruinige ijspegels van de dakgoot en dwars over een van de kelderramen waren met groene verf de woorden SCHUSCHNIGG, JOODSE SCHOFT! gekladderd. De huisdeur stond wijd open, maar toch was het donker in de gang en het stonk er naar vochtige muren en urine. En er hing nog iets in de lucht, een zoetig-scherpe geur, die Franz als een verre herinnering aan thuis tegemoet waaide. Het rook er naar varkensstal. Franz moest innerlijk even glimlachen. Voorzichtig liep hij de trap op, onder zijn voeten knarsten brokjes kalk en met elke trede werd de stank intenser. Thuis had niemand zich eraan gestoord, dacht hij, hij al helemaal niet. In feite stonken varkens minder dan bijvoorbeeld de bosarbeiders na het werk of de schoolkinderen na de gymnastiekles. En zelf was hij vroeger zo nu en dan zelfs de stallen van de boeren in de buurt ingekropen, had de biggetjes omarmd als roze broertjes en was behaaglijk met ze in het stro gaan liggen. Maar hier tussen de grijze stadsmuren was de geur ongepast en walgelijk. Op de entresol was een van de deuren uit het kozijn gebroken en in de kamer daarachter zag hij het varken. Het was een reusachtig dier, dat zwaar en roerloos op de met stro bedekte tegelvloer maar wat zachtjes lag te snuiven. Op een fruitkist ernaast zat een oude vrouw. Ze had een pan op schoot waarin ze langzaam en gelijkmatig deeg roerde.

'Pardon, woont er hier misschien een jonge vrouw, een Boheemse?' vroeg Franz. De oude vrouw staarde hem even aan. Toen wees ze met haar lepel zwijgend naar het plafond. Er droop een kluit stroperig deeg vanaf die in haar schoot viel. De zeug wentelde haar lijf op de andere zij, hief haar kop en keek met doffe ogen naar de muur.

Op de tweede verdieping leken de meeste woningen leeg te staan, bijna overal stonden de deuren open of ze ontbraken helemaal. Alleen de deur van de laatste woning, helemaal aan het eind van de gang, was intact. Daarachter was vaag geroezemoes te horen. Franz klopte tweemaal en meteen werd het binnen stil. Er was wat gefluister te horen en daarna een helder 'Binnen!'

Franz veegde de laatste resten sneeuw van zijn kraag, haalde diep adem en deed de deur open. Voor zover hij op het eerste gezicht kon zien, bevonden er zich ongeveer dertig vrouwen in de kamer. Ze zaten aan tafeltjes, op stoelen, kisten, emmers. Drie zaten naast elkaar op de vensterbank als vogels op een tak. Sommigen lagen op oude matrassen langs de muren. Twee jonge meisjes zaten in kleermakerszit voor een lage houtskoolkachel en speelden kaart; een vrouw stond voor een spiegelscherf aan de wand en maakte met een kohlstift haar ogen op; een ander zat op een omgekeerde wasmand en drukte een heel klein kind tegen haar borst.

'Pardon,' zei Franz schuchter, 'woont hier misschien een jonge vrouw, een Boheemse?' Een van de meisjes giechelde, een ander met waterig blauwe ogen hield haar hand tegen haar mond en onderdrukte haar lachen. De anderen zaten daar maar en staarden naar hem.

'Ach, de knul met het leke kontje!'

Hij herkende haar stem meteen. Ze zat met haar kin op haar knieën en gewikkeld in een dunne wollen deken op een van de matrassen. Haar haar was onder een hoofddoek verdwenen en haar gezicht lag bijna helemaal in de schaduw van de deken. Maar Franz wist zo ook wel dat ze glimlachte. En ook hij glimlachte nu. En als het Boheemse meisje onder haar wollen deken hem niet met de woorden 'Mag me betalen een eten en een glas wajn, knul!' uit zijn gelukzalige verstarring had gehaald, dan had hij waarschijnlijk de rest van de middag of langer nog in de deuropening gestaan met een glimlach die misschien niet de hele wereld, maar op zijn minst deze dertig vrouwen in hun vochtige bouwval leek te omarmen.

Ze heette Anezka en was drie jaar ouder dan hij. Ze

kwam uit Dobrovice in het district Mladá Boleslav, een 'tegen de Viničný-hevel als tegen een donkere minnaar geleende, mooje dorpje', en werkte afwisselend als kindermeisje, kokkin of hulp in de huishouding, en wel zonder vergunning van de overheid, zoals trouwens alle andere vrouwen uit het gele huis: 'Allemaal Bojeemsen. Mooje, brave majsjes, allemaal samen!'

Ze knerpten naast elkaar door de met sneeuw bedekte straten en Franz vertelde van thuis, waar het meer elk seizoen een andere kleur had: in de lente was het donkergroen, in de zomer zilverig, in de herfst diepblauw en in de winter zwart als het hart van de duivel. En hij vertelde over de koeien, die zulke grote vlaaien lieten vallen dat je er als kind tot aan je knieën in kon wegzinken, en over de vissen die hij als kleine jongen uit het water had gehaald en die zo vet waren dat één enkele vis voldoende was om een hele houthakkersploeg te verzadigen. Hij beschreef de plezierboten die in de zomer dagelijks met hun kleurige warboel aan toeristen op het dek door het water stampten en waarmee de kinderen na de afvaart om het hardst crawlden en hij beschreef haar uitvoerig de in heel Salzkammergut beroemde aardappelkoek van zijn moeder, waarvan ze het deeg in de winter op tafel kneedde om het daarna in de grote ijzeren koekenpan in ganzenvet te bakken en op te tassen tot een goudgele, dampende, geurige berg. Over deze en heel andere dingen vertelde Franz. De woorden borrelden gewoonweg uit hem op en breidden zich voor hen uit tot zo'n wonderschoon panorama, dat hun wandeling door de bijna lege straten duurde en duurde, totdat de nacht aanbrak en de gasmannen hun ladders op klommen, de sneeuwmutsen van de lantarens veegden, en door de sneeuwjacht overal de lichtjes begonnen te glanzen.

Bij een kleine herberg bleef Anezka staan. 'Nu eten!' zei ze en ze ging naar binnen. Franz bestelde twee porties goulash en een fles buitenlandse wijn, die zo goed was dat zelfs de kelner zijn naam niet kon uitspreken. De goulash was pittig en warm, de augurken knakten en de broodjes knisterden. Nog nooit had Franz een mens met zoveel toewijding zien eten. En nog nooit had hij iemand zo graag zíen eten. Hij bestelde een tweede portie en toen een derde. Daarna waren er pannenkoeken met chocoladevulling en een dikke laag poedersuiker en een tweede fles wijn. Toen ten slotte het laatste lapje pannenkoek met het laatste slokje wijn was weggespoeld, leunde Anezka met een langgerekte zucht achterover, vouwde haar handen over haar buik en keek Franz met een lome blik aan.

'En nu wil ik jou, knul!' zei ze.

De winkelruimte lag stil in blauwig sneeuwlicht, dat door de paar vrije plekken in de volgeplakte winkelruiten naar binnen viel. Nadat Franz de winkeldeur achter zich dicht had getrokken, hield Anezka haar neus snuivend omhoog en ademde diep de geur van tabak en papier in. Met een hoffelijk, maar tegelijk ook beheerst gebaar van man van de wereld wilde Franz haar de weg naar zijn hokje wijzen, maar toen voelde hij haar hand op zijn achterste, precies op de plek waar die al eens had gelegen, destijds, oneindig lang geleden tijdens het dansen in het Schweizerhaus. Meteen begon zijn hart als een wilde te bonken en steeg er een brandende hitte in hem op. Hij wilde iets vragen, iets ongelooflijk dringends, iets ontzettend belangrijks, iets wat op zijn tong tintelde, maar toen lag haar andere hand ook al op zijn bil en haar heup drong zich tegen de zijne, en in zijn hoofd verdampten de woorden als druppels op een gloeiend heet fornuis. Ze keek hem in de ogen en bracht haar gezicht heel langzaam naar hem toe, en toen hij haar adem op zijn mond voelde en de welving van haar bovenlip licht zag trillen, schoot er zo'n heftige huivering van gelukzaligheid door hem heen, dat hij vrijwel zeker achterover in het sigarenrek was gevallen, als Anezka hem niet op het laatste moment had vastgepakt en stevig tegen haar lichaam had gedrukt. Hij sloot zijn ogen en hoorde zichzelf een gorgelend geluid uitstoten. En terwijl zijn broek langs zijn benen naar beneden gleed en daarmee alle last van zijn leven tot nu toe van hem af leek te vallen en hij zijn hoofd achterover boog en opkeek naar de duisternis onder het plafond, had hij een zalig moment lang het gevoel de dingen van de wereld in hun onmetelijke schoonheid te kunnen begrijpen. Wel vreemd, dacht hij, het leven en al deze dingen. Toen voelde hij hoe Anezka voor hem op de grond gleed, hoe haar handen zijn naakte achterste pakten en hem meetrokken. 'Kom, knul!' hoorde hij haar fluisteren en met een glimlach liet hij los.

En als er een paar uur later in deze ijskoude nacht wie dan ook om wat voor reden dan ook nog buiten was geweest, dan had hij misschien gezien hoe de deur van de oude Tabak Trsnjek werd opengerukt en er twee naakte gestalten, een dunne jongeman en een ronde jonge vrouw, naar buiten tuimelden, elkaar een tijdje gillend met sneeuw gooiden, vervolgens de Währingerstraße een stukje af stormden en zich ten slotte ongeveer ter hoogte van de bontmodewinkel van de oude mevrouw Sternitzka met wijd gespreide armen en benen achterover in een grote hoop sneeuw lieten vallen. Maar natuurlijk bevond er zich op dit uur en bij dit pokkenweer niemand meer op straat. Niemand kon Franz en Anezka gadeslaan toen ze hijgend naast elkaar lagen en omhoog de hemel in keken. En niemand kon het korte gesprek afluisteren dat Franz opende met een vraag die sinds een paar minuten in zijn langzaam weer afkoelende hoofd rondzoemde. 'Waarom ben je toen weggelopen in het Schweizerhaus?'

Anezka strekte haar arm omhoog en tekende met haar vingers de contouren van de omliggende daken na. Ondertussen was het bijna helemaal opgehouden met sneeuwen, donkere wolkenflarden trokken langs de hemel en achter een schoorsteen kwam zacht glanzend het maanlicht tevoorschijn.

'Soms moet weglopen, soms moet blijven,' zei ze. 'Zo is leven.'

'Dat kan wel zijn...' begon Franz een povere tegenwerping, maar in de tussentijd had haar hand in de lucht al een elegante draaiing volvoerd en was meteen daarna bliksemsnel en doelgericht naar beneden geschoten om zijn lul te pakken. 'Niet zoveel praten,' zei ze, 'liever nog een keer neuken.' Ze zei natuurlijk niet 'neuken', maar 'neken', met een heel lang aangehouden Boheemse 'e'. Maar Franz verstond haar desondanks precies.

Franz' seksuele bevrijding betekende niet meteen een verbetering van zijn algehele toestand. Het vuur dat nu tussen zijn dijen was ontstoken, brandde als een lier en zou niet meer te blussen zijn, zoveel was hem wel duidelijk. Bovendien – en ook daarvan was hij zich pijnlijk bewust geworden – viel er nog veel te leren. Te kort was deze ene nacht geweest, zelfs een heel leven leek niet voldoende te zijn om het mysterie vrouw in al zijn verschrikkelijke schoonheid te kunnen begrijpen. Zelfs de besten lijden schipbreuk op de klippen naar het vrouwelijke, had de professor gezegd. Dan is dat maar zo, dacht Franz, en dan valt er ook niks aan te doen. Dan maar schipbreuk lijden – zolang het maar aan Anezka's steile kust gebeurde. Er was nu geen weg terug meer. Hij wilde doorgaan, dooroefenen, doorleren. In ieder geval wilde hij weer naast haar liggen, haar heerlijke lucht in zijn neus hebben en haar handen op zijn leergierige achterste voelen.

En daarom ging hij de volgende avond al op weg naar het gele huis in de Rotensterngasse, liep door de stinkende gang, over de brokkelige trappen, langs de oude vrouw met het zacht snuivende varken, omhoog naar de ook deze keer met Boheemse vrouwen volgepropte woning. Maar Anezka was er niet. De dag daarop ook niet. En ook het volgende weekend niet. Of het daaropvolgende. Anezka niet hier, Anezka de deur uit, Anezka weg, Anezka ergens anders, Anezka werken, zeiden de vrouwen die op dat moment in de woning waren en trouwens nooit dezelfde leken te zijn. Waar of voor wie ze werkte, konden ze niet zeggen, wisten ze niet, wilden ze niet weten, en Franz droop af, met zijn vettig glanzende scheiding en onder zijn arm de in een bonbonspeciaalzaak in de binnenstad duur aangeschafte doos chocoladepralines. Overdag zat hij krijtwit op zijn krukje en deed alsof hij kranten las. 's Nachts woelde hij in zijn bed en begroef zijn gezicht in het kussen, waar haar haren nog kortgeleden als zonnige stralen uitgespreid hadden gelegen. De momenten dat hij sliep waren kort en door verwarde dromen verscheurd. Soms volgde hij de raadgeving van de professor en probeerde zijn wild geworden zielenleven in toom te houden door zijn dromen meteen na het wakker worden op te schrijven. Het baatte niet. Het hielp niet. Het baatte en hielp allemaal niet. Het was alsof Anezka zijn hart uit zijn borst had gerukt en het nu bij zich had. Dat wat er nog altijd in zijn borst sloeg, was alleen nog maar de herinnering aan iets wat allang bij haar was, in haar open hand, in de zak van haar schort, tussen de spijlen van haar ledikant geperst, kloppend en warm vóór haar op de keukentafel.

En toen gebeurde het toch. Een paar kwellende weken na de eerste beving in het sigarenzaakje werd Franz midden in de nacht door een zacht klopje uit zijn halfslaap gerukt. Buiten stond Anezka in een korte jas en had het koud. Ze zei niets. Zwijgend liep ze langs hem heen en ging in zijn bed liggen. Het uitkleden liet ze aan hem over. Zijn handen trilden zo erg dat hij een eeuwigheid nodig had. Slechts langzaam kwam haar lichaam bloot, tot ze ten slotte voor hem lag, naakt en zacht en rond in het melkachtige licht van de maan. Toen het was gebeurd en hij als een hoopje geluk op zijn rug naast haar lag, stelde hij zich voor hoe hij de volgende ochtend meteen na het opstaan om haar hand zou vragen. Maar toen hij wakker werd, was ze weg.

Franz besloot nu het tweede advies van de professor te volgen en Anezka te vergeten. Hij deed erg zijn best, maar toen de afdrukken van haar kleine handen na ruim drie weken nog altijd op zijn achterste gloeiden, tussen elke tweede regel in de krant haar naam spookachtig oplichtte en er ten slotte bij het opnemen van de druppels die de teckel van Kommerzialrat Ruskovetz had verloren, heel duidelijk eerst de contouren van de welving van haar bovenlip uit de houtnerven van de vloer oprezen, vervolgens die van haar gezicht en tot slot die van haar hele lijf, gaf hij het vergeten weer op, smeet in plaats daarvan het poetsvodje in een hoek en posteerde zich wijdbeens en met vastberaden armen in de zij voor Otto

Trsnjek. Het speet hem, zei hij met krachtige stemverheffing, maar het was gewoon niet meer uit te houden. Hij moest nu gelijk, meteen, onmiddellijk naar een dokter en wel in verband met zijn door het urenlang zitten op het krukje gesloopte en als geheel tamelijk pijnlijk kromgetrokken ruggengraat. De sigarenboer schroefde de dop op zijn vulpen, stopte hem zorgvuldig in het door de jaren heen wat vettig geworden leren etui, boog zich over het daarnet met een rij dringend noodzakelijke bestellingen gevulde papier, blies voorzichtig de inkt van het schrift droog, keek toen over de rand van zijn bril naar zijn nog altijd wijdbeens voor hem staande leerjongen en liet hem voor de rest van de dag gaan met de door een zware zucht in gang gezette woorden: 'Nou, dan hoepel je voor mijn part nu ook maar op!'

Franz ging natuurlijk niet naar de dokter, maar direct naar het gele huis in de Rotensterngasse, waar hij achter een van de hopen puin op een lage stapel brokkelige bakstenen ging zitten en wachtte. De hele middag lang gebeurde er niets. Weliswaar gingen er voortdurend vrouwen in en uit, maar Anezka was er niet bij. De uren vergleden, er zwierven kort een paar zonnestralen over het puin, het druppelde een beetje, daarna werd het koel en de duisternis van de avond viel in. Franz voelde hoe het vocht uit de bakstenen langzaam door zijn broek optrok en foeterde zwijgend in zichzelf. Hoe had hij toch op het onzinnige idee kunnen komen naar een of andere stokoude, bijna gewichtloze en bovendien naar zaagsel ruikende professor te luisteren en zich in te laten met zoiets idioots als de liefde? Toen even later de gasman kwam en de drie in de straat nog werkende lantaarns aanstak, gaf hij het ten slotte op. Met een smakkend geluid trok hij zijn vochtige achterste van de stapel bakstenen om de terugtocht naar het sigarenzaakje te aanvaarden. Precies op dat moment kwam ze het huis uit. Haar hoofd was een beetje gebogen, de kraag van haar jas omhooggeslagen en ze liep met snelle pasjes de straat in tegenovergestelde richting af. Franz kwam achter de hoop puin vandaan en volgde haar op behoorlijke afstand. Net als in de Amerikaanse misdaadfilm die hij jaren geleden samen met zijn moeder tijdens een goedbezochte bioscoopvoorstelling in Sankt Georgen had gezien, met al die meedogenloos-grimmig dan wel smachtend-dromerig starende mannen, probeerde hij elk gebrek aan overzicht in de stad als dekking te gebruiken: hij dook weg in huisportieken, sprong achter een reclamezuil, stak over naar de andere kant van de straat, liep een stukje naast een met dampend teer geladen dieselwagen en verstopte zich achter de brede rug van een putjesschepper die in zijn zware kaplaarzen moe naar huis sjokte. Anezka stak de Weintraubengasse over, kwam op de Praterstraße en liep zeker en snel door het drukke verkeer op het reuzenrad af. Achter de grote tent met de botsautootjes sloeg ze opeens rechts af en verdween in een donker zijlaantje. Franz wachtte een paar seconden en sloeg toen ook af.

De weg was smal en was aan beide kanten afgezet met een schutting, waarvan de planken ongewoon ver omhoogstaken en boven hem slechts een streep van de sterreloze nachthemel vrijlieten. Na een pas of twintig opende zich een doorgang naar een met vuile muren omgeven binnenplaats. In een hoek stonden een paar vuilnisemmers samengeschoold als slapende koeien. Aan een kale draad bungelde een peertje dat zijn vuilgele licht verspreidde. Uit zijn ooghoek merkte Franz in de halfdonkere nis in de muur een beweging, geluidloos en week, als een lome wenk. Het was de plooi van een gordijn dat op de tocht bewoog. Erboven hing een affiche, DE GROT stond er in matgouden letters op. Daaronder, nauwelijks nog te zien: KOM VERDER! KOM BINNEN! MYSTERIE, LUST EN VREUGDE – ALLEEN OF MET Z'N TWEEËN! (TOEGANG EEN SCHILLING)

Franz schoof het gordijn opzij en ging naar binnen. Het was een piepkleine ruimte, in donkergroen licht gedompeld. Hij moest aan het meer denken. Aan al die keren dat hij als jongen was gaan duiken. Ontelbare malen had hij op warme zomerdagen naakt op een naar hout en zon ruikende vissersvlonder gelegen en net zo lang geluisterd naar het ruisen van het riet en het vriendelijke gekabbel onder hem, tot het niet meer uit te houden was en hij zich halsoverkop of met ingetrokken benen in het water moest laten vallen. In de kolk van zijn eigen luchtbellen liet hij zich langzaam zakken en om hem heen werd het steeds stiller en donkerder. De vlonderpalen waren dichtbevolkt met algen en mosselen, daarachter staken de rietstengels in de hoogte. Nu en dan keek er een vis uit de wirwar, een zeelt meestal, of een zalmforel. Maar soms liet zich ook een rutilus meidingeri zien, stond een paar seconden roerloos in het water voor hij met een enkele slag van zijn vinnen weer in het duister verdween. De kleine Franz zat rustig op de bodem en luisterde naar het meer, hij hoorde het ruisen van de diepe waterbewegingen, het klotsen van de oppervlaktegolven, hier en daar het knisteren in het riet, en soms, op grote afstand, het lage stampen van de veerboten. Hij voelde de zachte algenweide onder zijn achterste en zag hoe boven hem kleine zwevende deeltjes in de zonnestralen fonkelden. Nog uren later, als Franz langs de oeverweg naar huis rende en de avondzon op zijn gezicht scheen, droeg hij die stille groene wereld als een kleine hunkering met zich mee.

'Als je wortel wilt schieten, doe dat dan maar buiten!'

Een broze, hoge oude stem. Pal voor Franz, ongeveer ter hoogte van zijn borst, verscheen het erbij behorende hoofd. Volkomen kaal, ook de wenkbrauwen ontbraken, wat hem in de groene belichting iets van een hagedis gaf.

'Een schilling, als je het programma wilt zien. Zo niet: de uitgang is daar waar daarnet de ingang nog was!'

Pas nu zag Franz het loket van de kassa, een kleine, rechthoekige opening in de muur. In het halfdonker erachter zat de hagedis en staarde hem aan.

'Een kaartje voor het programma, alstublieft!' zei Franz en hij legde een schilling op het plankje. De hagedis pakte het geld en stak hem een kaartje toe. 'Geen vaste plaatsen, geen pauze, veel plezier!'

Er ging een onopvallende deur met wandbekleding open en Franz liep naar binnen. De ruimte erachter was veel groter dan hij had verwacht, en helemaal rood. Het plafond, de lampenkappen, het versleten tapijt, de wandbekleding, alles was in een zacht donkerrood gedompeld, dat flakkerde in het schaduwspel van ontelbare kaarsen. Achter een met spiegels beklede tapkast was een meisje in de weer met flessen en glazen. Ze was op zijn hoogst zestien, had een litteken van een vingerlengte over haar rechterwang en de platte neus van een bokser. Er stonden zo'n twintig ronde tafeltjes verspreid over de ruimte, slechts een paar ervan waren bezet – voor zover Franz kon zien uitsluitend door mannen alleen. Het kaarslicht flakkerde op een behaarde nek, een gerimpeld voorhoofd, een arbeidershand met gedroogde leem op de rug, de afgesleten kraag van het colbertje van een oude man.

Franz ging aan een vrij tafeltje zitten, het meisje kwam en hij bestelde een kroes pils. Ze bracht het bier, zette zwijgend ook een schaal nootjes voor hem neer en verdween weer achter haar tapkast. Er verstreken een paar minuten, toen vlamde er plotseling een schijnwerper aan en verlichtte een klein podium van planken aan de andere kant van de ruimte. Er ging een deur open en een kleine man in smoking ging in het licht staan. Hij was mager en rimpelig, maar ondanks zijn ouderdom vol sprankelende energie. Hij boog met een glimlach, viel meteen daarna pardoes voorover, voerde een halsbrekende buiteling uit, was het volgende moment weer op de been en begon te praten. Over de toestanden in de heerlijke stad Wenen sprak hij, over de reusachtige kleuterschool waarin het joch Schuschnigg en zijn speelkameraden zich zo graag zouden willen uitleven, maar dat allang niet meer mochten; over de kleine nazi's die in de zandbak zo graag met de kleine socialen vochten, en over de kleine katholieken die er zwijgend bij stonden te kijken, in hun luiers scheten en daarna bij de Groot-Duitse kleuterschooljuffen alles opbiechtten. Hij praatte snel in een voortrazend staccato en schijnbaar zonder adem te halen, maar de glimlach week niet van zijn gezicht. Opeens ging er een schok door zijn lichaam en hij viel op zijn knieën. Theatraal traag legde hij zijn handpalmen tegen elkaar, keek omhoog in het schijnwerperlicht en begon te bidden.

'Lieve Heer, maak me stom,
Zodat ik niet in Dachau kom.
Lieve Heer, maak me doof,
Zodat ik in de toekomst geloof.
Lieve Heer, maak me blind,
Zodat ik alles heerlijk vind.
En ben ik doof en stom en blind,
Dan ben ik Adolfs liefste kind...'

De mannen lachten, er klapten er een paar, iemand gaf de serveerster een wenk, iemand riep haar een paar goedbedoelde onbetamelijkheden achterna. Ook Franz lachte. Hoewel hij er voor zichzelf niet zeker van was werkelijk alles helemaal begrepen te hebben. Maar het was ook zo komisch hoe die kleine man daar vooraan op de planken knielde en hoogst deemoedig naar het plafond keek. Net als de oude wijfjes met hun zwarte hoofddoeken en rozenkransen en gebedenboeken voor het altaar in de Nußdorfse kapel, dacht Franz en hij stopte drie nootjes in zijn mond. Op het podium ging de show alweer verder.

De man sprong weer op zijn voeten, draaide zich om en prutste met snelle bewegingen wat in zijn gezicht. Toen hij zich weer omdraaide, ging er een zucht door het publiek. In de van stof glinsterende lichtkegel stond Adolf Hitler. Een paar streken door het haar, wat kohl bij de ogen en een op de bovenlip geplakt rechthoekje hadden volstaan om een man in smoking te veranderen in de Duitse rijkskanselier. Hitlers ogen glansden als de donkere mosselen die Franz zo vaak van de rietstengels had geplukt om ze open te knakken en aan de katten te voeren of in de haren van de meisjes te smeren. Met een klap sloeg de man zijn hakken tegen elkaar, strekte zijn arm als groet omhoog en stak zijn kin naar voren. Franz moest aan de professor denken, zijn kin leek altijd een beetje voor te lopen op de rest van zijn lichaam. Gek, dacht hij, maar misschien had hij daar nu net een gemeenschappelijk puntje van deze twee verder zo verschillende mannen ontdekt. Hitler verzocht met een gebiedend gebaar om stilte in het publiek en begon een redevoering af te steken. Het ging over de domheid van het Oosten en de moedig ertegenin gaande wil tot verzet van het arische ras, over de noodzaak Oostenrijk te redden van de kwaadaardigheid van de Balkan, Europa te redden van de vraatzucht van het bolsjewisme, de wereld te redden van de onverzadigbare begerigheid van het internationale Jodendom enzovoort. Het had vaart en klonk bovendien ergens nog verstandig ook. Maar gaandeweg ging hij steeds kwader praten en al snel veranderde de eerst nog verstaanbare stortvloed van woorden in een ongearticuleerd en hortend gebrul. De rijkskanselier spuwde gal en venijn dat de speekseldruppeltjes in het rond vlogen. Hij trok zijn hoofd tussen zijn schouders, maalde met zijn onderkaak en liet zijn tanden zien. Tegelijk kroop hij in elkaar, boog zijn bovenlichaam en zakte op zijn knieën. Daarbij zette hij een hoge rug op en balde zijn handen tot verkrampte vuisten. Een glinsterende draad speeksel hing van zijn onderlip en drupte op de planken van het podium. Hij liet zich naar voren op zijn knieën en vuisten vallen en staarde met een licht gegrom naar het publiek. Zijn achterste zakte, met een keelgeluid haalde hij adem en hij spande zijn spieren voor de sprong. Opeens stond het littekenmeisje naast hem. 'Lig!' zei ze met kalme stem en hij gehoorzaamde. Jankend legde hij zijn kop tussen zijn voorpoten en keek naar haar op. Ze hief haar hand en even had het er de schijn van dat ze hem wilde slaan, met de vlakke hand midden in het domme hondengezicht. Maar toen glimlachte ze. 'Brave Adi, beste hond!' zei ze en ze krauwde hem liefdevol achter zijn oor. Ze trok een riem uit de zak van haar schort, legde die om zijn hals en liep onder applaus van de mensen naar de uitgang, het dier aan haar enkels. Vlak voor de deur sprong Adi op, trok het snorretje van zijn lip en gaf de serveerster een smakkerd op haar wang. Ze bogen en de conferencier kondigde het volgende nummer aan.

'Dames en heren, of heren zonder dames beter gezegd, ik ben meer dan gelukkig dat ik u een eersterangs wereldsensatie mag presenteren! Voorbij de van hitte trillende woestijnen van de Nieuwe Wereld, midden in de eindeloze verten van de prairie, op een plek waar de coyote jankt, de adelaar zijn majesteitelijke cirkels trekt en elke avond het stof van enorme kuddes bizons het rood van de ondergaande zon verduistert, op een plek zo afgelegen als alleen de hel en het paradijs kunnen zijn, waar de zalmen direct in de begerige bek van de beer springen en onder de hete steen de verraderlijke slang ratelt, op zo'n plek hebben we haar gevonden: naakt en weerloos in het hoge gras, uitgeleverd aan de machtige natuurkrachten, een eenzaam mensenkind, het trillende hart geborgen in het ontwakende lichaam van een jonge vrouw, de laatste overlevende van een verloren gegane wereld, ver weg van onze beschaving, van een wereld waarin de mens nog in de eeuwige vrijheid van de natuur leefde, geheel toegewijd aan het ogenblik, zonder taboes, zonder schuld, zonder schaamte. Zeer geëerde heren, wij begroeten vanavond, hier en nu, N'tschina, de schuwe schoonheid uit het indianenland...!'

De mannen schoven met hun achterste over hun stoel heen en weer, namen een laatste slok en likten het bierschuim van hun lippen. Ondertussen had het littekenmeisje op een roltafel een reusachtige grammofoon naar het podium gereden. De conferencier legde er een plaat op en zette er met een voorzichtige beweging de arm op. Vanuit de diepte van de trechter baande een geheimzinnig geruis zich een weg, toen zette de muziek in. Franz hield zijn adem in. Eén nootje viel uit zijn mond terug in het schaaltje. Nog nooit had hij iets dergelijks gehoord. De grammofoon leek de klanken er onder hevige pijn uit te persen, het ritme was langzaam en stampend, de melodie droefgeestig en alleen zo nu en dan kwam er een afzonderlijke, heldere klank uit naar voren. Toen begon er iemand te zingen. Het was onmogelijk uit te maken of het de stem van een man of een vrouw was. Ze was diep, rauw en broos. Het was een fluisteren, klagen en snikken, dat over een verre wereld leek te vertellen en alleen door een of ander merkwaardig toeval in deze rokerige grot in het Prater verzeild was geraakt. Even had Franz het gevoel alsof er in hem een eindeloos uitgestrekte ruimte openging, gevuld met niets dan treurnis. Merkwaardig, dacht hij en hij sloot zijn ogen, maar om de een of andere reden voelt deze eindeloos uitgestrekte, met niets dan treurnis gevulde ruimte helemaal niet zo verkeerd. Misschien, dacht hij verder, zou je je er gewoon in kunnen laten vallen om dieper en dieper in jezelf weg te zinken en nooit meer aan de oppervlakte te komen. Op dat moment hupte de arm met een krassend geluid over de plaat, de stem struikelde en Franz deed zijn ogen weer open. Recht voor hem, midden in het licht van de schijnwerper, stond de indiaanse. Ze stond met haar rug naar het publiek en bewoog zich niet. Haar haar was pikzwart en hing in lange, gladde slierten over haar schouders en rug. Aan haar leren hoofdband was een veer vastgemaakt. Haar naakte armen had ze in haar zij gezet, haar handen op de rand van een korte, kleurig geborduurde rok met franje. Ze was blootsvoets en om haar enkels waren smalle leren banden gewikkeld, waarop kraaltjes glommen. Haar benen glansden in het licht. Het waren stevige benen, glad, roze en rond. Maar het waren vooral de knieholtes waaraan hij haar herkende. In deze knieholtes had hij nog helemaal niet zo lang geleden zijn gezicht begraven, ze met zijn tongpunt millimeter voor millimeter betast om vervolgens op pad te gaan naar hoger liggende gebieden. Deze knieholtes waren zachter dan alles wat Franz tot nu toe had leren kennen. Zachter dan het meer op een stille dag in de late zomer, zachter dan het mos in het Nußdorfse bosje op de zuidoever, en zelfs zachter dan de hand van zijn moeder, die vroeger zo vaak tegen zijn wang had gelegen, als troost, als beloning of gewoon zomaar, een kortstondig contact, als bij toeval, in het voorbijgaan.

De stem uit de grammofoon perste er een rauwe snik uit en op hetzelfde moment begon Anezka te bewegen. Eerst was het alleen het wippen van een voet, toen begonnen haar benen te trillen en meteen daarna schommelde haar achterste zachtjes op en neer. Ze hief haar armen en zwaaide ze langzaam boven haar hoofd. De trommelslagen uit de grammofoon leken haar lichaam direct te raken, iedere maat een nieuwe kleine inslag. Opeens draaide ze zich om. Haar gezicht was beschilderd met rode en gele strepen. Haar blik lag in de verte en verloor zich ergens boven de hoofden van de mannen. Haar haren bedekten haar borsten volkomen. Ze wierp haar hoofd achterover, lachte naar de schijnwerper en spreidde haar armen alsof ze het licht wilde omhelzen. Toen begon ze op het trage ritme van de muziek te stampen. De kralen aan haar voeten rinkelden en de veer op haar hoofd hupte mee in de maat. Franz zag hoe een enkele zweetdruppel bij haar haarinplant tevoorschijn kwam, over haar voorhoofd gleed en bleef hangen aan een van haar pikzwart geverfde wenkbrauwen. De toeschouwers werden steeds onrustiger, een man begon met beide handen op zijn dijen te slaan, uit het halfdonker van een nis kwam een hese hoest. Anezka stampte op de planken zodat het stof in wolkjes opwarrelde, maar het volgende moment werd haar lichaam weer rustig, wiegde en schommelde zacht heen en weer. Opeens pakte ze met beide handen haar haar, scheidde het en liet het aan weerskanten over haar schouders naar achteren vallen. Het was een eenvoudig gebaar, even vanzelfsprekend als het openschuiven van een gordijn, maar het effect was enorm. Sommige mannen glimlachten dom. Anderen verstarden. Eén barstte er uit in een hoge lach. Een ander liet zich als van een zware last bevrijd achterover tegen zijn stoelleuning vallen. Franz staarde naar Anezka's borsten. Nog kortgeleden had hij er met zijn gezicht tussen gelegen, had gelukkig liggen snuiven in dat oneindig lieflijke dal en er zich op een vreemde manier thuis gevoeld. Nu prijkte haar boezem daar in alle openbaarheid. Gemeengoed. Een bezienswaardigheid. Maar het ergste was dat ze ervan leek te genieten. Ze rekte zich ongegeneerd uit in het licht en liet haar borsten schommelen alsof het aangenaam en vanzelfsprekend was. En misschien was het dat ook. Met een kokette lach wierp ze haar hoofd nog eens achterover, draaide zich om, pakte haar rok met franje en tilde die langzaam op. Het was alsof de maan opkwam, fluisterend begroet of zwijgend bekeken door de gestalten achter hun tafels, in de bescherming van hun donkere nissen. Franz voelde hoe zijn hart samenkromp tot een knoop. Hij pakte zijn bier, duwde het koele glas tegen zijn slaap, zette het weer neer, legde een bankbiljet op tafel en verliet de grot zonder nog een blik op het podium te werpen.

Buiten was het onverwacht warm. Het zou al vlug lente zijn. Op de binnenplaats rook het naar vochtige mu-

'Op podium heet monsieur de Caballé. Buiten heet Heinzi. Zo is showbizz, knul!'

'Aha. En wat doet hij zoal?'

'Heb je gezien. Maakt programma.'

'Programma?'

'Programma en grap en cabaret.'

'En verder?'

'Wat verder?'

'Wat doet hij na de voorstelling? Altijd nog programma en grap en cabaret – samen met jou misschien?'

Anezka schokschouderde, zocht even met haar tong in haar mond en spuwde toen een lichtbruin tabakskruimeltje op het plaveisel.

'Is collega, begrijp je.'

'Natuurlijk begrijp ik dat!' riep Franz uit. 'Ik begrijp het zelfs heel goed! Ik heb toch gezien hoe jullie als tortelduiven uit jullie hok zijn komen fladderen!'

'Fladderen?'

'Fladderen! En één ding is wel duidelijk, meneer de Caballé heeft niet alleen een mes in zijn broek, of wel?'

'Sommige hebben wat in broek, sommige niet.'

'Wat mag dat wel betekenen?'

'Wie dom vraagt, krijgt domme antwoorden, knul!'

'Ik heet niet knul, ik heet Franz!' schreeuwde Franz en hij trapte zo woedend tegen een vuilnisbak dat die luid rinkelend omviel, in een wijde boog over de binnenplaats rolde en pas vlak voor de muur aan de overkant tot stilstand kwam.

'Smeer 'm, Heinzi,' zei Anezka rustig. Haar blik was gericht op de uitgang van het steegje waar de schaduw van de conferencier een ogenblik was opgedoken, maar zich nu langzaam weer terugtrok. Franz staarde naar het stinkende spoor viezigheid dat de bak had achtergelaten.

'Hoor je bij hem?' vroeg hij somber.

'Ik hoor baj niemand. Niet eens baj mezelf!'

Franz keek naar zijn schoenen. Het leer was versleten en gebarsten, en op de punten begonnen de naden al stuk te gaan. Opeens voelde hij hoe er ergens in hem een kleine woede opsteeg en zijn vertwijfeling met geweld naar de achtergrond drong.

'Ik geef je vijf schilling als je me je achterste nog eens laat zien!' zei hij. 'Onder de gloeilamp ziet die er vast ook niet verkeerd uit!'

Hij had de woorden nauwelijks uitgesproken of hij voelde zich al een idioot. Een domme boerenjongen, een belachelijke leerjongen uit een sigarenzaakje, bij wie de naden al stuk begonnen te gaan.

'Neem me niet kwalijk,' zei hij zachtjes.

'Is al goed, knul.' Anezka hield haar sigaret tegen het licht en keek de rook na, die als een bibberige draad loodrecht opsteeg en ergens ter hoogte van de dakgoten begon te kringelen.

'Ik heet niet knul,' zei Franz toonloos. Anezka knipte haar sigaret weg en kwam heel dicht bij hem staan. Haar adem rook naar pepermunt en sigarettenrook. Aan de kraag van haar jas hing een lange zwarte haar. Ze ging op haar tenen staan en kuste hem op zijn voorhoofd. Toen draaide ze zich om en ging. Een tijdje hoorde hij haar voetstappen in de steeg klepperen en langzaam wegsterven. Op de grond recht onder de gloeilamp lag de dode vlinder. Franz bukte zich, pakte hem met zijn vingertoppen van de grond en wikkelde hem voorzichtig in een zakdoek.

(Kaart met prachtig bloeiende rozenwirwar en drie sneeuwwitte duiven in het Stadtpark)

Beste mama,
Gisteren hield ik het om bepaalde redenen niet meer uit en ging ik naar het Westbahnhof voor een kaartje naar Timelkam – enkele reis. De vrouw achter het loket zei alleen maar twee schilling alsjeblieft, terwijl ze haar nagels zat te lakken. En toen gebeurde er iets vreemds, de onverschilligheid van die vrouw prikkelde mijn koppigheid. En toen heb ik haar gezegd dat ze haar kaartje maar ergens in moest steken en ben weer vertrokken. Dat soort onverschilligheid mag namelijk niet overal om zich heen grijpen, dacht ik bij mezelf. Bovendien, hoe moet dat dan met het sigarenzaakje? En met Otto Trsnjek? En met de professor? Een mens heeft toch ondertussen bepaalde verantwoordelijkheden, of niet?
Je Franz

(Kaart met eendenfamilie op de voorgrond en een roze, door de ochtendzon beschenen Schafberg op de achtergrond)

Beste Franzl,
Ik denk dat ik heel goed weet wat jouw 'bepaalde redenen' zijn. Maar laat ik je dit zeggen: de redenen van vandaag zijn morgen al de redenen van gisteren en op zijn laatst overmorgen zijn ze vergeten. Waarschijnlijk was ik van vreugde ter plekke dood gebleven, als je opeens voor het keukenraam had gestaan. Toch ben ik trots op je, omdat je juist niet de trein hebt genomen. Ja, een mens heeft bepaalde verantwoordelijkheden! Vooral voor je eigen geweten. En thuiskomen doe je toch al vroeg genoeg. Een omhelzing, zo stevig als ze kan, van
Je mama

'Ik stel niets voor. Een waardeloos stuk vuil, meer niet. Een voetmat voor de vuile schoenen van de mensheid. Een afvalemmer, tot over de rand gevuld met slechte gedachten, slechte gevoelens en slechte dromen. Zo zit het. Bovendien ben ik onbeduidend. Lelijk. Onsmakelijk. En dik. O, mijn God, wat ben ik dik! Een dik, vet nijlpaard. Een plompe walrus die tonnen weegt. Een ziekelijk volgevreten olifant. Het enige wat er na mijn dood nog rest, is een vetvlek zo groot als een vijver. Ach, meneer de professor, was ik maar dood! Als het nu eindelijk maar eens achter de rug, voorbij en voorgoed gedaan was!'

Mrs Buccleton brak opnieuw in snikken uit. Haar kin trilde, haar wangen schudden, haar hele lichaam begon te beven. Ze was inderdaad veel te zwaar en was verder ook geen schoonheid. Het enige opmerkelijke aan haar, naast haar corpulentie, waren haar meestal wijd opengesperde lichtblauwe kinderogen, die zich bij de geringste aanleiding voortdurend met tranen leken te willen vullen. Mrs Buccletons hysterie was welhaast volmaakt te noemen. Ze was Amerikaanse, puissant rijk, vijfenveertig jaar en afkomstig uit een zonnig, maar geestdodend stadje in de Midwest. Door haar vroeggestorven vader vertroeteld, door haar moeder nooit met liefde behandeld, door haar twee echtgenoten bedrogen en verlaten, had ze geprobeerd haar levenslange ellende te begraven onder bergen varkenszult, pasteien en kersentaarten. Sinds ze een paar maanden geleden de spreekkamer voor het eerst was binnengekomen, had ze weinig vorderingen gemaakt. Ze kwam steeds fier aan als vrouw van de wereld, maar zodra ze zich uit haar op maat gemaakte (door een ver over de stadsgrenzen bekende kleermaker voor grote maten) loden jas had laten helpen en licht fluitend van inspanning op de divan was gezakt, veranderde ze in een hulpeloos en huilerig meisje, dat bovendien de dure kussenhoezen volsmeerde met haar tranen en haar make-up. Eigenaardig genoeg mocht professor Freud haar desondanks. Om de een of andere reden vermoedde hij onder haar zenuwslopende gedrag en haar dikke speklaag een viriele geest en een open hart. Bovendien betaalde ze stipt en in dollars.

'Vertelt u verder,' zei hij. Zoals altijd zat hij aan het hoofdeinde van de divan en keek naar zijn licht wippende schoenpunten.

'En ik word met de dag vetter!' ging Mrs Buccleton verder. 'Ook deze maand ben ik weer een paar kilo aangekomen. Mijn kleren passen me niet meer. Beter gezegd, ik pas niet meer in mijn kleren. Maar ondertussen schaam ik me om naar de kleermaker te gaan. Ik schaam me om waar dan ook heen te gaan. Ik schaam me voor mijn eigen spiegelbeeld. En vooral schaam ik me omdat ik hier nu voor u lig, meneer de professor!'

Freud leunde nog een stukje verder naar achteren. De enige echte reden waarom hij zich tijdens al die ontelbare therapiesessies in de afgelopen decennia achter het hoofdeinde van de divan had teruggetrokken, was dat hij het niet kon verdragen een uur lang door zijn patiënt te worden aangestaard, dan wel zelf naar hun hulpzoekende, geërgerde, vertwijfelde of door wat voor soortgelijk gevoel dan ook vertrokken gezichten te moeten kijken. Juist de laatste tijd had hij vaak het gevoel dat hij de uitputtende uren met zijn patiënten niet meer aankon en sloeg hij hun leed, dat bij ieder afzonderlijk wel de hele wereld leek te omvatten, radeloos gade. Hoe had hij ooit op het welhaast absurde idee kunnen komen dit leed te willen begrijpen en zelfs te kunnen verzachten? Waarom moest hij zo nodig het grootste deel van zijn leven wijden aan ziekte, neerslachtigheid en ellende? Hij had fysioloog kunnen blijven en met zijn scalpel in alle rust insectenbreinen in vliesdunne schijfjes kunnen snijden. Of romans schrijven, opwindende avonturenverhalen, die in verre landen en oude tijden speelden. In plaats daarvan zat hij hier en sloeg vanuit de schaduw van zijn zithoek het ronde hoofd van Mrs Buccleton gade. Haar geblondeerde haar was grijs aan de wortels en haar neusvleugels beefden, terwijl ze zachtjes snotterde. Van hieruit gezien zag Mrs Buccletons neus eruit als een nogal dik diertje, dat blootgesteld aan een onbekende en dreigende wildernis angstig zat te bibberen. Het had iets ontroerends, vond Freud. Tegelijk ergerde zijn eigen ontroering hem. Het waren altijd deze schijnbare kleinigheden en futiliteiten waardoor hij zijn moeizaam opgebouwde afstandelijkheid ten opzichte van zijn patiënten vergat: de verfrommelde zakdoek in de hand van een directeur-generaal, de verschoven pruik van een oude lerares, een losse schoenveter, een licht slikken, een paar hulpeloze woorden en nu dus de trillende neus van Mrs Buccleton.

'Dus u schaamt zich,' zei hij. 'Waar schaamt u zich voor?'

'Voor alles. Voor mijn benen. Mijn nek. De zweetvlekken onder mijn oksels. Mijn gezicht. Mijn hele manier van doen. Zelfs thuis, alleen onder de dekens in bed, schaam ik me. Ik schaam me voor alles wat ik doe, heb en ben.'

'Hm,' zei Freud, 'en hoe staat het met de lust?'

'Wat zegt u?'

'Hoe is het met uw lust? Ervaart u soms ook niet iets als lust?'

Mrs Buccleton dacht na. Buiten op de binnenplaats deed iemand een raam open, even was het gekijf van twee vrouwenstemmen te horen, toen was het weer stil. Freud liet zijn blik over zijn antiekverzameling glijden. Ik moest weer eens afstoffen, dacht hij, en grondig ook. De terracotta ruiter had al een dunne laag stof op zijn schedel en hij dacht zelfs een zacht glanzende spinnenwebdraad af te zien hangen van het linkeroor van de Chinese wachter. Misschien, dacht Freud verder, zou ook zijn buste ooit ergens in een kamer staan en zwijgend wachten tot iemand met een vochtige doek het stof van zijn kale hoofd veegde.

'Ik ervaar lust bij het eten,' zei Mrs Buccleton, 'bijvoorbeeld bij het eten van grote stukken taart.'

'O,' zei Freud en hij liet langzaam zijn kin op zijn borst zinken.

'Daar zullen we het hebben!' riep Mrs Buccleton en ze wierp triomfantelijk haar armen in de lucht.

'Wat?'

'U veracht me!'

'Hoe komt u daar nou bij?'

'Uw "O" had een verachtelijke ondertoon! Kleinerend en verachtelijk! Bovendien zakte uw hoofd naar beneden. Dacht u dat ik het niet gemerkt had? Ik weet heus wel hoe het klinkt als uw baard op uw kraag zakt!'

Onwillekeurig ging Freud rechtop in zijn stoel zitten

en stak zijn kin naar voren. Maar het volgende ogenblik al ergerde hij zich weer aan die kleine onzekerheid, aan het bespottelijke gevoel als een schoolkind te zijn betrapt op het trekken van een grimas achter de rug van de juffrouw.

'Lieve mevrouw Buccleton, laat me u het volgende zeggen,' bromde hij met alle vriendelijkheid waartoe hij in staat was, 'mijn "O" had geen kleinerende of verachtelijke of wat voor ondertoon dan ook. Mijn "O" was eigenlijk niet meer dan de als geluid weergegeven uitdrukking van mijn aandacht. En als mijn hoofd zo nu en dan toegeeft aan de zwaartekracht, dan verzoek ik u vriendelijk mijn hoofd genadig te vergeven, het is intussen meer dan tachtig jaar oud, heeft veel gewerkt in zijn leven en rust op een stapeltje nogal vermolmde halswervels.'

'Het spijt me, meneer de professor,' snotterde Mrs Buccleton bedeesd.

'Om op ons onderwerp terug te komen, geachte mevrouw,' ging Freud streng verder, 'schaamte en lust zijn als broer en zus, die hand in hand door het leven gaan – als je ze maar vrijlaat. Om redenen die zich nog verbergen in het duister van uw verleden, maar waarvan ik binnen afzienbare tijd met uw welwillende hulp denk kennis te nemen, gedijt alleen het ene kindje, terwijl het andere verkommert en op zijn hoogst in bakkerswinkels aan zijn trekken komt.'

'Denkt u dat?'

'Ja, dat denk ik.'

‘Maar wat kan ik doen om het arme ding aan zijn trekken te laten komen?’ vroeg Mrs Buccleton hoopvol.

Freud boog naar voren, sloeg zijn armen over elkaar en keek zijn patiënte zo doordringend aan als hij kon. ‘Ophouden met taarten eten!’

Met een kreet van pijn uit de diepste diepte van haar ziel wierp Mrs Buccleton haar zware lichaam op haar andere zij, zodat de poten van de divan knakten, het parket trilde en het leger antiquiteiten op de planken begon te rammelen en te huppen, als was het na al die verstarde eeuwen eindelijk tot leven gekomen.

Nadat Mrs Buccleton vertrokken was, stond de professor nog een tijdje bij het raam en keek naar de binnenplaats beneden hem. Het was de laatste dagen warm geworden, de sneeuw was allang gesmolten en binnenkort zouden de kastanjes uitlopen. Gisteren had Schuschnigg zich met een lange redevoering tot zijn volk gewend. In Innsbruck, waar hij vandaan kwam, trad hij op in passend Tirools kostuum en vroeg zijn toehoorders of ze op de voor 13 mei aangekondigde volksstemming wilden kiezen voor een ‘vrij, Duits, onafhankelijk, sociaal, christelijk en verenigd Oostenrijk’. En terwijl meer dan twintigduizend aanhangers hun instemming de heldere Tiroolse berglucht in riepen, zat Adolf Hitler waarschijnlijk net ergens in Berlijn voor de radio en likte zijn lippen. Oostenrijk lag als een dampende schnitzel voor hem op zijn bord. Het werd tijd hem aan te snijden. In

Wenen was het na Schuschniggs redevoering tot hevige botsingen tussen aanhangers en tegenstanders gekomen. De patriotten zwermden over de hele stad uit en brulden: 'Heil Schuschnigg!' en 'We stemmen voor!' Maar met de macht van een zwijgende massa in hun rug kropen ook de nationaalsocialisten weer uit hun holen en liepen luidruchtig door de straten. 'Heil Hitler!' schreeuwden ze. 'Eén volk! Eén rijk! Eén Führer!' Tot in de vroege ochtenduren schalde het gebrul van groepjes relschoppers door de straten als woedend hondengeblaf.

Beneden op de binnenplaats kwam mevrouw Szubovic tevoorschijn, de roddelzieke vrouw van de conciërge, ze zwaaide naar de professor en begon duivengif in de hoeken te strooien. Freud deed alsof hij haar niet had gezien en stapte snel achteruit de kamer in. Op zijn bureau stapelden de onbeantwoorde brieven zich op. De hele wereld leek iets van hem te willen. De mensen koesterden hun bange zorgen en hadden nog helemaal niet begrepen dat de aarde onder hun voeten brandde. Hij pakte een van de onbenullige brieven op en opende hem. 'Hooggeachte professor doctor Sigmund Freud! Volgend jaar verschijnt in onze allerwegen bekende en geliefde uitgeverij Erdenwerk een bloemlezing met als voorlopige werktitel *Eigen boomgaarden als plekken van innerlijke bezinning*. Ter gelegenheid daarvan zijn we zo vrij u, geachte professor, te verzoeken een kort essay over dit onderwerp of ten minste een paar woorden ter inleiding...' Met een lusteloos gebaar verfrommelde hij de brief en wierp die naar de prullenbak. De prop stuiterde terug op de rand van de bak, rolde over het parket en kwam vlak voor zijn voeten tot stilstand. Even voelde hij de drang hem met een wilde trap door de kamer te schoppen, maar op hetzelfde moment werd er op de deur getikt. Het was onmiskenbaar zijn dochter Anna. Martha klopte, Anna tikte.

'Wat is er?' mopperde de professor.

'Hij is er weer.'

'Wie?'

'De sigarenjongen.'

Freuds gezicht klaarde op. Eigenlijk had hij zich in aanwezigheid van zogenoemde 'eenvoudige mensen' altijd een beetje onbeholpen en niet op zijn plaats gevoeld. Maar met deze Franz was het iets anders. Het joch kwam tot bloei. En niet zoals de in de afgelopen decennia geheel verschoten en doorgezeten gebreide bloemen op een van de vele kleden die zijn vrouw altijd zo zorgvuldig over de divan drapeerde en die op magische wijze het stof van de hele stad in hun dikke wollen vezels leken te verzamelen. Nee, in deze jonge mens pulseerde het gezonde, krachtige en daarenboven nog tamelijk onervaren leven. Bovendien zorgde het kolossale leeftijdsverschil tussen hen automatisch voor de afstandelijkheid die hij aangenaam achtte, ja, die voor hem nader contact met de meeste medemensen eigenlijk pas draaglijk maakte. Franz was piepjong, terwijl de wereld van de professor steeds verder dreigde te vergrijzen. Zelfs zijn dochter, van wie hij de melktandjes, zoals het hem plotseling toescheen, nog eergisteren op de rand van het bad had zitten poetsen, was al over de veertig. Om nog te zwijgen over de patiënten en ook de rest van de familie en de weinige vrienden die er nog waren. Langzaam, met de stapjes van senioren, gleed je naar de verstening toe, tot je je ten slotte zonder geweldig op te vallen aan je eigen antiquiteitenverzameling toe zou kunnen voegen.

'Papa?' Zonder nog eens te tikken was Anna de kamer in gekomen. Alweer droeg ze een broek. De professor haatte broeken aan vrouwenbenen. Ook en vooral aan de benen van zijn dochter. Maar in bepaalde gevallen was het niet raadzaam het met haar aan de stok te krijgen, dus moest ze voor zijn part haar broeken maar dragen. Zolang ze daarmee thuisbleef.

'Zit hij weer op de bank?'

Anna knikte. 'Sinds anderhalf uur.'

'Heeft hij wat meegenomen?'

'Dat weet ik niet. Maar je zou in elk geval niet meer de deur uit moeten gaan!'

'En waarom dan niet?'

'Dat weet je maar al te goed!'

Freud haalde zijn schouders op. Natuurlijk wist hij het. Hij was oud. Hij was ziek. Hij was Jood. En op straat zwierf veel te veel gespuis rond. Maar zwichten voor gebeurtenissen die nog niet eens hadden plaatsgevonden, was uitgesloten. En al helemaal niet voor zijn eigen dochter.

'Nee, ik weet het niet,' zei hij stug. 'En pak nu mijn jas en mijn hoed!' Anna glimlachte. Ze liep naar haar vader en pakte hem bij zijn kin. Hij opende zijn mond en ze schoof voorzichtig haar duim tussen zijn kaken. Met de top drukte ze stevig op het achterste deel van de prothese. Er was een knak te horen en hij vertrok zijn gezicht pijnlijk.

'Voor elkaar!' zei Anna na een korte blik in zijn mondholte. Ze trok haar duim terug, veegde hem af met een zakdoek, ging op haar tenen staan en kuste haar vader snel op beide wangen.

'Is wel goed zo,' mompelde hij, hij deed een pas achteruit en wreef in zijn baard. In de loop van de decennia had hij geleerd met pijn om te gaan, misschien zou het hem ooit ook nog eens lukken met liefkozingen.

'Pas goed op jezelf!' zei Anna. Toen bukte ze, raapte de verfrommelde boomgaardbrief op en mikte hem met een doelgerichte worp in de prullenbak.

Net toen Franz op het punt stond zich op een langere wachttijd in te stellen en tegen alle regels van het aloude Weense fatsoen zijn benen op de bank wilde leggen om er zich over zijn volle lengte uit te strekken, ging aan de overkant de poort open, en kwam de professor naar buiten. Net als de eerste keer stak hij met een beetje wankele, maar toch min of meer stevige stappen de straat over en zette regelrecht koers naar de bank.

'Ben je eigenlijk al eens op de gedachte gekomen om

aan te bellen?' vroeg hij. 'Dat zou het wat makkelijker maken.'

'Op die gedachte ben ik al eens gekomen,' antwoordde Franz, die allang was opgesprongen en Freud tegemoet was gerend, 'alleen heb ik u niet durven storen!'

'Soms moet je mensen toch storen als je hen wilt bereiken!' zei Freud en hij overhandigde Franz een zorgvuldig in zijdepapier gewikkeld pakje. 'Hier is je sjaal, hij is gewassen en gestreken en geurt als een rozenhaag. De dames hebben hun best gedaan!'

'Hartelijk dank en zeer achtenswaardige groeten aan de eerste verdieping, meneer de professor! Maar wilt u niet gaan zitten?' zei Franz met een uitnodigend handgebaar. 'Nee, dank je,' zei Freud en hij wierp een steelse blik naar het raam van de woonkamer op de eerste verdieping, waarin de heldere voorjaarshemel zich weerspiegelde, 'vandaag gaan we wandelen!'

Ze liepen de Berggasse op, hielden bij de Währingerstraße links aan, gingen in een boog om de Votiefkerk heen en toen in de richting van het stadhuis. De lucht was mild, al weken had het niet meer gesneeuwd en in het Votiefpark bloeide veel te vroeg de sering. Er was een lichte föhn opgestoken, die massa's pamfletjes door de straten waaide, oproepen voor de verkiezingen van aanstaande zondag. *Voor Oostenrijk* stond erop en *Rood-wit-rood – tot in de dood!* Franz had het pakje met de sjaal onder zijn hemd gestoken, waar het zacht knisperend zijn buik warm hield. Dus de dames hadden hun best gedaan, dacht hij en hij probeerde zijn trots niet als een lampion voor zich uit te dragen. Steeds weer keek hij vanuit zijn ooghoek naar de professor, die met kleine passen naast hem liep. Zijn stok klikklakte in een gelijkmatig ritme over de stenen, alsof hij zijn weg eerst moest aftasten. Hij ademde oppervlakkig en onregelmatig en liet bij elke uitademing een licht sissend geluid ontsnappen. Het liefst was Franz wat gaan giechelen. Of meteen maar in lachen uitgebarsten. Eigenlijk had hij in gezelschap van zogenoemde 'snuggere mensen' altijd het idee een beetje onbeholpen en misplaatst te zijn. Maar bij de professor was dat anders. Deze oude meneer was niet zomaar snugger. Thuis aan het meer ging je al door voor geleerd als je de koppen van het gemeenteblaadje en de dienstregeling in het station van Timelkam min of meer kon ontcijferen. En ook de vele doctors en docenten uit Wenen, München of Salzburg, die in de zomer in drommen aan de oever kwamen liggen om hun witte vissenbuiken roze te laten verbranden, bleken op zijn laatst na een paar liter bier in Zum Goldenen Leopold in feite toch doodeenvoudige, om niet te zeggen welhaast stompzinnig in het wilde weg zwetsende zielen te wezen. Maar de professor was zo knap, dat hij de boeken die hij wilde lezen, zelf maar liefst ook kon schrijven. Zo zit het precies, dacht Franz en hij glimlachte inwendig, terwijl ze in de schaduw van het langgerekte universiteitsgebouw liepen. Maar er was nog iets anders. Een losse gedachte, die onverhoeds opdook als een kleine schrik en meteen diep in hem uitwaaierde tot een blijvend gevoel. Een gevoel dat daarbinnen nu zijn plaats opeiste en zich – dat was wel duidelijk – niet zo makkelijk meer zou laten verjagen: hij had medelijden met de professor. Freud had veel wat hem ontroerde. Zijn scheve kaak bijvoorbeeld. Of zijn altijd licht gebogen rug. De smalle, hoekige schouders. De oude vingers die zich vlekkerig en schraal aan de knop van de stok vasthielden. Dat ouder worden is toch eigenlijk een en al ellende, dacht Franz weemoedig en tegelijk een beetje kwaad. Wat had al die snuggerheid voor zin als de tijd je toch ooit te pakken kreeg?

Voor het raadhuis hadden kinderen en jongeren kleine groepjes gevormd. Ze hingen rond op hoeken, blokkeerden arm in arm de stoepen of renden lachend en schreeuwend over het plein, zwaaiend met hun mutsen en hakenkruisvlaggetjes. Hier en daar stond een politieagent met zijn armen op de rug naar de drukte te kijken. Een schooljongetje in korte broek kraaide 'Sieg Heil!' en liet zich met gestrekte armen en benen ruggelings in het gras vallen. Over de Ringstraße bruiste het vrijdagmiddagverkeer. Motoren knetterden, paardenhoeven klepperden over het plaveisel, huurkoetsiers klakten met hun tong en lieten hun dunne zweep door de lucht suizen. De stoepen waren bevolkt met door elkaar kletsende mensen. Het was warm, de zon scheen, er stond een aangenaam briesje. Het werd weekend, het schoot op, het ging om de toekomst, er kwam wat op gang in de stad, in het land, in de wereld daarbuiten. Een dieselvrachtwagen met een groep arbeiders op de laadvloer rammelde langzaam voorbij. De mannen zwaaiden met hun hoed en schreeuwden in koor leuzen tegen Hitler en voor de Oostenrijkse arbeidersklasse. Een van de mannen sprong van de rijdende wagen achter zijn sportpet aan, die hij hoog in de lucht had geworpen en die door de wind was gegrepen. Hij kwam onhandig neer, viel op zijn zij en bleef roerloos liggen. Er vormde zich meteen een kleine menigte mensen om hem heen. De auto reed verder.

Franz en de professor lieten het Burgtheater links liggen en liepen de Volksgarten in. Ook hier bloeide overal de sering. De hoge hagen en de bomen dempten het straatlawaai en uit de met dicht gras overwoekerde aarde steeg koele damp op. Franz was hier nog nooit geweest. Hij had hier graag wat rondgelopen en rondgekeken, en nog veel liever was hij onopgemerkt met de professor onder een van de struiken gekropen om in de groene schaduw van de bladeren ongestoord van alles en nog wat te bespreken. Maar Freud koerste doelbewust af op het andere eind van het park, waar ze onder een oude kastanje in de nis van een haag een lege bank vonden en gingen zitten. Voorzichtig greep Franz in zijn borstzakje en haalde een prachtige Hoyo de Monterrey tevoorschijn. Freud nam de sigaar in ontvangst, hield hem voor zich en bekeek de vorm een tijdje voordat hij hem in zijn mond stopte en aanstak. Tijdens de wandeling hadden ze geen woord gezegd en ook nu zaten ze zwijgend naast elkaar. De professor pafte rookwolkjes de lucht in en knarste met zijn kaak. Ergens ver weg riep iemand: 'Heil Hitler!' Er was een juichkreet te horen. Een heldere lach. Toen weer het gedempte ruisen van het verkeer.

Onderdrukt steunend leunde de professor naar achteren, knipperde een tijdje met zijn ogen naar de wirwar van bladeren waar het zonlicht doorheen flitste en zei ten slotte: 'Onze bijeenkomsten jagen je wel op kosten!'

'Wat zegt u, meneer de professor?'

'Een sigaar van deze kwaliteit is niet bepaald goedkoop.'

'Hij is dan ook aan de vruchtbare oevers van de San Juan y Martínez-rivier door dappere mannen geoogst en door mooie vrouwen met de gevoelige hand gerold,' zei Franz en hij knikte ernstig.

'Waarbij me in dit verband toch niet erg duidelijk is waarom uitgerekend dapperheid zo'n uitmuntende eigenschap zou zijn van Cubaanse tabakstelers,' bracht Freud ertegen in. 'Maar dat terzijde. En nu we het toch over mooie vrouwen hebben: ik hoop dat je inspanningen betreffende het vrouwelijke geslacht tot resultaat hebben geleid. Hoe dat resultaat dan ook uitgevallen mag zijn.'

'Precies daarom wilde ik u spreken,' zei Franz bitter. 'Mijn inspanningen hebben namelijk helemaal nergens toe geleid. Hoewel ik daar ook weer niet zo zeker van ben. Ik weet het gewoon niet. In feite weet ik helemaal niets!'

'Dat besef is de eerste stap in het steile trappenhuis van de wijsheid,' gaf Freud ten antwoord. 'Maar laten we eerst eens proberen wat licht in de duisternis te brengen. Ben je haar gaan zoeken?'

'Ja, meneer de professor.'

'Heb je haar gevonden?'

'Ja, meneer de professor!'

'Heb je haar gevraagd hoe ze heet?'

'Ja, meneer de professor!'

'Moet ik misschien elk woord apart uit je hersenschors persen?'

'Nee, meneer de professor. Ze heet Anezka!'

'Uit Bohemen?'

'Ja. Uit een mooi dorpje in het district Mladá Boleslav, namelijk Dobrovice, dat tegen de Viničný-heuvel ligt aangeleund als tegen een donkere minnaar.'

'Een heuvel als een donkere minnaar?'

Franz knikte bedroefd. Freud viste een lucifer uit zijn doosje, stak hem aan en hield hem voorzichtig tegen het gloeiende uiteinde, dat onregelmatig dreigde te gaan branden.

'De Boheemse keuken is werkelijk verrukkelijk,' zei hij en hij keek peinzend naar de nu weer gelijkmatig gloeiende Hoyo.

'Ja, verrukkelijk...' mompelde Franz. Aan de overzijde van het nog altijd winters kale rozenperk liepen twee verweerde dames langs en wierpen bitse blikken op de twee mannen die daar zo vanzelfsprekend de bank bezet hielden die hun volgens het gewoonterecht eigenlijk toekwam. Uit tegenovergestelde richting kwam er een parkwachter aanslenteren. Hij groette door zijn hand even naar de klep van zijn pet te brengen en begon met een dunne stok in de afvalbak naast de bank te poken.

De heren moesten hem maar niet kwalijk nemen, zei hij terloops, het was nu eenmaal vanwege de bommen. En natuurlijk, voegde hij eraan toe, vanwege alle andere voorwerpen die het stadsbestuur niet kon tolereren.

Om welke voorwerpen het dan precies ging, wilde Freud weten.

De parkwachter schokschouderde. Dat was niet te zeggen, zei hij, dat werd op zijn vroegst pas duidelijk als men zo'n voorwerp had gevonden.

Waarom men dan uitgerekend in de afvalbakken van de Volksgarten verdachte voorwerpen en bommen dacht te vinden, vroeg Freud.

Waarom ook niet, gaf de parkwachter in overweging, waarom niet uitgerekend juist in de afvalbakken van de Volksgarten? Je kon uiteindelijk immers niet in het brein van zo'n bommenlegger kijken. Maar nu moesten ze hem verontschuldigen, zo klein was de Volksgarten per slot van rekening niet en afvalbakken waren er in Wenen zoveel als zand aan de zee. Een prettige dag, heren en tot ziens.

'Goed,' zei Freud nadat de parkwachter achter de haag was verdwenen. 'En wat was er nu precies met jou en die Anezka?'

'Ik heb haar aangeraakt,' zei Franz. 'En het was het mooiste wat ik ooit heb beleefd!'

'Daar ben ik blij om. Ik mag hopen dat ze jou ook heeft aangeraakt?'

'Natuurlijk! En hoe! Overal! En elke plek die ze heeft aangeraakt, staat nog steeds in brand! Mijn hele lijf gloeit als tondel!'

Freud tikte peinzend met zijn middelvinger tegen zijn sigaar. 'De liefde is een heidebrand, die niemand blussen wil of blussen kan,' zei hij en hij keek hoe de vlokjes as langzaam op het grind neerdwarrelden.

'Maar ik wel!' riep Franz uit en hij kwam met een wilde sprong van de bank af. 'Ik kan en wil hem blussen! Ik zou toch niet als hoopje as in de achterkamer van een sigarenzaakje aan mijn eind willen komen!'

'Ga zitten en stop met schreeuwen waar iedereen het horen kan!' beval Freud met plotselinge scherpte. Franz gehoorzaamde. 'En nu nog eens heel rustig, je hebt haar dus teruggezien. Je weet hoe ze heet. Je weet waar ze vandaan komt. Jullie hebben elkaar aangeraakt. En verder?'

'Daarna was ze verdwenen.'

'Alweer?'

'Zo is het nu eenmaal: ze was gewoon weg. Zelfs de vrouwen in het gele huis konden me niet zeggen waar ze was.'

'De vrouwen in het gele huis?'

'Allemaal uit Bohemen. Behalve de oude vrouw met het varken.'

De professor sloeg zijn ogen ten hemel alsof er van het stralend blauw daarboven enige bruikbare opmontering te verwachten was. Maar er kwam niets. Met een vermoeid gebaar nam hij zijn hoed af en zette hem op zijn knie.

'Als het varken voor het verdere verloop van het verhaal niet van noemenswaardig belang is, zou ik je willen verzoeken verder te vertellen en af te ronden, en wel nog voor de wereld ten onder gaat, wat zoals we weten eerdaags kan gebeuren!'

'Neem me niet kwalijk, meneer de professor,' zei Franz berouwvol. 'Ze was dus verdwenen. Maar na een paar weken heb ik haar teruggevonden. Ik ben bij het gele huis achter een hoop puin gaan zitten en heb haar opgewacht en ben haar daarna gevolgd. Tot in het Prater. Tot in de grot. De grot is een cabaret. Of een dansgelegenheid. Of allebei. In ieder geval vanbuiten groen, vanbinnen rood, rokerig, bedompt, met een enorme hoeveelheid kaarsen en zo. Ik heb wat te drinken besteld en als eerste trad monsieur de Caballé op.'

'Wie?'

'In werkelijkheid heet hij Heinzi. Hij vertelt moppen en maakt een hond van Hitler. De serveerster bracht hem aan een riem weg en toen begon de muziek.'

'Wat voor muziek?'

'Weet niet. Het was wel ritmisch, maar op de een of andere manier ook treurig. In ieder geval trad Anezka toen op.'

'Eindelijk.'

'Ja. Maar eigenlijk was het Anezka niet, maar een indiaanse genaamd N'tschina. Beter gezegd, het was natuurlijk wel Anezka, alleen in een indianenkostuum, met pruik en veer en alles erop en eraan. En ze danste. Dat wil zeggen, geen normale dans. Het was een… nogal opwindende dans.'

'Kun je je misschien wat duidelijker uitdrukken?'

'Ze kleedde zich uit. Ze liet haar buik, haar boezem en haar achterste zien in het licht van de schijnwerper.'

'En ik neem aan dat het het mooiste was wat je ooit in je leven hebt gezien?'

'Ja, dat was het. Hoewel ik het allemaal al eens eerder had meegemaakt. Het was alleen zo verschrikkelijk dat er deze keer een hele hoop andere mannen bij waren! Ik ben in elk geval weggegaan en ben bij de ingang op een vuilnisbak gaan zitten. Later kwam ze ook naar buiten. Dat wil zeggen, niet alleen. Monsieur de Caballé was bij haar!'

'Heinzi?'

'Ja. Hij trok een mes uit zijn broek, maar kalmeerde direct weer en viel me niet lastig. We hebben gepraat, Anezka en ik, en ze keek me de hele tijd heel koel aan. Daarom haatte ik haar. Tegelijkertijd had ik met haar te doen. Omdat ze voor die mannen haar achterste in het licht moest houden. Maar ik had nog veel meer met mezelf te doen. En toen trapte ik tegen de vuilnisbak en ik heb Anezka beledigd, en ze heeft me een kus gegeven en is weggegaan, en er viel een vlinder uit de hemel en alles, alles, alles was voorbij.'

De professor sloot zijn ogen en nam een forse trek van zijn Hoyo. Met zijn andere hand pakte hij zijn kin en bewoog zijn onderkaak tegen de druk van zijn vingers in voorzichtig naar beide kanten. Opeens liet hij zijn hand in zijn schoot vallen en wendde zich tot Franz.

'Houd je van haar?'

'Wat zegt u, meneer de professor?'

'Of je van dit Boheemse Pratermeisje houdt.'

'Ha!' Franz schoot in een hoge lach en sloeg kletsend met zijn hand op zijn dij. En meteen daarna nog eens: 'Ha!' Maar natuurlijk! wilde hij zeggen. Vanzelfsprekend! wilde hij de professor met een onverwacht in hem opwellende, bijna beangstigende vrolijkheid toeschreeuwen, wilde hij de Volksgarten en de hele wereld toebrullen. Ja, wat was dat nou helemaal voor een vraag? Wat was dat, neem me niet kwalijk, voor een overbodige, idiote, er met de haren bijgesleepte en alles bij elkaar genomen volkomen zwakzinnige vraag! Natuurlijk hield hij van haar! Vanzelfsprekend hield hij van haar! Hij hield, hij hield, hij hield van haar! Meer dan van alles ter wereld! Meer zelfs dan van zijn eigen hart en zijn eigen bloed en zijn eigen leven! Ongeveer die woorden en nog veel meer wilde Franz de professor toeschreeuwen. Maar vreemd genoeg kwam er niets uit. Geen woord. Geen lettergreep. Hij bleef gewoon zwijgen. En ook een derde lach, die net nog in zijn keel had gekriebeld, was blijven steken en loste nu langzaam op als een van die gele bruissnoepjes die de oude mevrouw Seidlmeier in haar kleine kruidenierszaakje in Nußdorf de kinderen soms had toegestopt en die eerst zo leuk afbrokkelden in je mond, maar dan al heel snel alleen maar plakkerige tanden en een bittere nasmaak nalieten. Franz boog zijn hoofd.

'Ik weet het niet,' zei hij zacht. 'Eigenlijk was ik er zeker van. Maar nu weet ik het niet meer.'

Freud knikte langzaam. Opnieuw merkte Franz hoe fragiel hij was. Een hoekig doodshoofdje, dat als door een wonder nog op de schriele nek leek te balanceren. In zijn baard waren een paar vlokjes as blijven hangen. Het liefst was Franz voorovergebogen en had ze er één voor één uit geplukt.

'Goed,' zei Freud. 'Ik stel voor dat we nu eerst duidelijk maken wat begrijpelijk is. Ik vermoed dat we wanneer we over je liefde spreken, in werkelijkheid je libido bedoelen.'

'Mijn wat?'

'Je libido. Dat is de kracht die mensen vanaf een bepaalde leeftijd aandrijft. Hij brengt evenveel vreugde als leed voort en zetelt om het eenvoudig te zeggen bij mannen in de broek.'

'Bij u ook?'

'Mijn libido is allang overwonnen,' zuchtte de professor.

Opeens ritselde er iets naast de bank. Het volgende moment kwam er een vogeltje uit de haag gefladderd dat vlak voor de voeten van de mannen op het grind ging zitten. Het had de lichaamsbouw van een mus, maar zijn verenkleed leek wel gebleekt, met opzij een paar vaalgele vlekken. Zijn ogen waren rood. De vogel zat daar even roerloos, toen sloeg hij zijn vleugels uit, trok zijn kop in en begon zich in het grind te wentelen. Daarbij wiebelde hij met zijn staart en schudde zijn verenkleed. Even plotseling als hij ermee begonnen was, hield hij er ook weer mee op. Met twee hupjes sprong hij naar de bank toe, bleef even zitten, vloog ten slotte op en zette met een wijde boog koers in de richting van de Schottenring.

'Nu zijn zelfs de mussen al gek geworden,' zei Franz en hij veegde met zijn voet door het grind.

'Dat was de pestvogel,' mompelde Freud. 'Men zegt dat hij alleen maar opduikt vlak voor het uitbreken van epidemieën, oorlogen en andere rampen.' De sigaar in zijn hand knisterde. Er was een lichte wind opgestoken die in de boomkruinen ruiste.

'Komt er echt een ramp, meneer de professor?'

'Ja,' zei Freud en hij keek de pestvogel na, die allang ergens achter het Burgtheater was verdwenen.

'Meneer de professor, ik geloof dat ik volkomen getikt ben,' zei Franz na een paar ogenblikken van ingespannen nadenkend zwijgen. 'Een door en door krankzinnig geworden Opper-Oostenrijkse schaapskop.'

'Gefeliciteerd, het inzicht is de vroedvrouw van het herstel.'

'Ik heb me namelijk net afgevraagd of mijn domme, kleine zorgen wel terecht zijn naast al die volkomen gestoorde wereldgebeurtenissen.'

'Ik denk dat ik je wel kan geruststellen. Ten eerste zijn zorgen met betrekking tot vrouwen weliswaar meestal dom, maar zelden klein. En in de tweede plaats zou je de vraag ook kunnen omdraaien: is die volkomen gestoorde wereldgebeurtenis wel terecht naast al je eigen zorgen?'

'U lacht me uit, meneer de professor!'

'Nee, dat doe ik niet!' ging Freud ertegenin en in plaats van zijn wijsvinger stak hij resoluut zijn sigaar omhoog. 'De huidige wereldgebeurtenis is niets anders dan een tumor, een zweer, een etterende, stinkende pestbuil, die spoedig zal openbarsten en zijn walgelijke inhoud over de gehele westerse beschaving zal uitstorten. Toegegeven, het is wat kras en beeldend uitgedrukt, maar desalniettemin de waarheid, jonge vriend!'

Franz voelde hoe er een merkwaardige trots in hem opwelde, die ergens achter zijn voorhoofd explodeerde en als een warme regenbui zijn hoofd in motterde. Hij was nu de *jonge vriend* van de professor.

'De waarheid,' herhaalde hij en hij wiegde peinzend zijn hoofd. 'Gaan de mensen op uw divan liggen om zulke waarheden te horen?'

'Ach nee,' zei Freud en hij bekeek korzelig de korte stomp van zijn Hoyo. 'Als de mensen altijd maar de waarheid zouden zeggen, waren de spreekkamers zo stoffig en leeg als kleine woestijnen. De waarheid speelt een veel kleinere rol dan wel wordt gedacht. Dat geldt voor het leven net zo goed als voor de analyse. De patiënten vertellen wat hun te binnen schiet en ik luister. Soms is het ook omgekeerd: ik vertel wat me te binnen schiet en de patiënten luisteren. We praten en zwijgen en zwijgen en praten en heel terloops onderzoeken we zo samen de schaduwzijde van de ziel.'

'En hoe doet u dat dan?'

'We tasten moeizaam door het duister om althans hier of daar op iets bruikbaars te stuiten.'

'En daarvoor moeten de mensen gaan liggen?'

'Het zou staand ook kunnen, maar liggend is het prettiger.'

'Dat begrijp ik,' zei Franz. 'Het doet me ergens aan vroeger denken. 's Zomers sloop ik soms midden in de nacht de hut uit om met een paar vrienden het bos in te gaan. Ieder had een kaars mee en de bomen flakkerden als reusachtige spoken. Een tijdje strompelden we dan zo in het donker rond, maar echt iets interessants zijn we eigenlijk nooit tegengekomen. Soms trapte er iemand op een naaktslak. Maar dat was het dan ook wel, en dan gingen we terug naar huis.'

'Ja, zo ging dat,' voegde hij er na een korte stilte aan toe. 'Dat waren nog andere tijden, toen waren we alleen nog bang voor bomen. Maar wat ontmoeten u en uw patiënten dan zoal in het donker, meneer de professor?'

'Dromen, in het beste geval,' zei Freud. Hij legde de stomp die van de sigaar over was naast zich op de armleuning en keek toe hoe die nog een laatste keer opglom voordat hij ten slotte doofde. Voorzichtig pakte hij het lijkje en wierp het in de afvalbak waar daarnet de parkwachter nog in had staan poken.

'Maar hoe moet het dan nu met mij?' riep Franz uit. 'Ik kan toch niet tot het einde van mijn levensdagen ergens in duisternissen rondstrompelen en op naaktslakken of dromen trappen! U hebt gemakkelijk praten, u hebt het libido allang overwonnen, maar ik moet er nog tegen opboksen! Mijn broek barst binnenkort open en verder weet ik het ook niet. Ik weet niet of ik Anezka terug zal zien. Ik weet niet of ik haar terug *wil* zien. Ik weet niet eens of ik haar terug *kan* zien. Ik weet het niet, ik weet het niet, ik weet het niet!'

Weer was hij opgesprongen en had de afstand tussen het rozenperk en de bank een aantal keren afgelegd. 'Potverdorienogantoe, wat moet ik nou toch doen?' vroeg hij ten slotte met mat geworden stem en hij liet zich weer op de bank vallen. 'Help me toch, meneer de professor!'

Freud hief zijn handen, bekeek ze even in het zonlicht en liet ze weer in zijn schoot zakken.

'Ik geloof niet dat ik je hiermee kan helpen,' zei hij. 'De juiste vrouw vinden is een van de moeilijkste opgaven van onze beschaving. En ieder van ons moet die volkomen alleen tot een goed einde brengen. We komen alleen op de wereld, en we sterven alleen. Maar vergeleken bij de eenzaamheid die we ervaren als we voor het eerst tegenover een mooie vrouw staan, lijken geboorte en dood welhaast maatschappelijke evenementen. In de beslissende dingen zijn we van meet af aan op onszelf aangewezen. We moeten onszelf steeds weer vragen wat we graag willen en welke kant we op willen. Met andere woorden, je moet je eigen hoofd inschakelen. En als dat je geen antwoorden geeft, moet je het je hart vragen!'

'Van mijn hoofd is niet veel te verwachten,' mompelde Franz. 'En mijn hart ligt aan gruzelementen in een huis in de Rotensterngasse.'

'Er zal niets anders op zitten. Als je de raad van oude mannen blijft inwinnen, blijven de antwoorden ook onbevredigend. En als je de inhoud van je broek raadpleegt, zal het antwoord weliswaar eenduidig zijn, maar tot niets anders dan verwarring leiden!'

'Hm,' zei Franz en hij legde een hand tegen zijn voorhoofd om de wilde warboel van gedachten erachter een beetje te beteugelen. 'Zou het misschien zo kunnen zijn dat uw divanmethode niets anders doet dan de mensen van hun platgetreden maar aangename wegen af te duwen om ze een volkomen onbekend rotsig veld op te sturen, waar ze heel moeizaam hun weg moeten zoeken, terwijl ze geen flauw vermoeden hebben van hoe hij eruitziet, hoe ver hij gaat en of hij eigenlijk wel naar een doel leidt?'

Freud trok zijn wenkbrauwen op en opende langzaam zijn mond.

'Zou dat zo kunnen zijn?' herhaalde Franz. Freud slikte.

'Waarom kijkt u me zo vreemd aan, meneer de professor?'

'Hoe kijk ik je dan aan?'

'Ik weet niet. Alsof ik vreselijke flauwekul uitkraam.'

'Nee, dat doe je niet. Dat doe je helemaal niet.'

Freud probeerde te glimlachen, streek toen verstrooid met zijn vingers door zijn haar, pakte zijn hoed van zijn knie, zette hem op zijn hoofd en stond van de bank op. 'Ik geloof dat het voor vandaag wel genoeg is. Zo meteen gaat de zon onder. En wie zal zeggen of ze ooit weer opgaat.'

Met verbazingwekkend snelle passen, waarbij zijn stok de maat tikte in het grind, liep de professor terug in de richting van de Ringstraße. Nog even bleef Franz zitten. Pas toen de grijze hoed ten slotte achter de haag was verdwenen, sprong hij op en rende erachteraan.

In de Berggasse namen ze afscheid met een korte handdruk. Freuds vingers voelden droog en licht aan. Als visgraten, als de graten van door worm aangevreten karpers, die in plaats van op de borden van de gasten van de herberg bij de katten terechtkwamen en waarvan het geraamte in je handen verkruimelde, als je ze een paar weken later vandaan trok onder de vissersboten die averij hadden opgelopen.

Nadat de professor in huis was verdwenen, legde Franz zijn oor tegen de deur en sloot zijn ogen. Het hout was nog steeds warm van de zon en in het trappenhuis stierven Freuds stappen weg. Toen Franz zijn ogen weer opende en van de deur weg liep, waren zijn eerste voetstappen nog een beetje aarzelend en voorzichtig. Maar al snel begon hij vastberaden te marcheren en wel de hoek om naar de kleine herberg in de Türkengasse. Naar goulash en een pul bier.

De volgende avond zat Rode Egon in zijn woning in het souterrain in de Schwarzspanierstraße diep over zijn radio gebogen te luisteren naar de stem van Kurt Schuschnigg, waaruit alle weerstandsvermogen was geweken. Het was de laatste rede van de kanselier aan het volk, dat allang het zijne niet meer was. Gedwongen door Hitlers meedogenloze bedreigingen geweld te gebruiken gelastte hij de volksstemming voor een vrij Oostenrijk af en maakte hij zijn aftreden bekend. Om geen bloedbad uit te lokken als de Duitse troepen de grens overtrokken, wat al bijna zeker was, had hij het leger opgedragen geen tegenstand te bieden. Hij sloot de korte toespraak af met de woorden: 'Zo neem ik op dit moment afscheid van het Oostenrijkse volk met een groet die diep uit mijn hart komt: Moge God Oostenrijk beschermen!' Nauwelijks had hij zijn rede beëindigd of er begon op straat hersenloos gebrul te schallen. 'Eén volk! Eén rijk! Eén Führer!', 'Joden: verrek!' of gewoon ongearticuleerd geschreeuw, gezang en geloei. Rode Egon zette de radio uit. Door het van stof matte raampje dat direct op de stoep uitkeek zag hij de benen van opgeschrikte Weners en Weensen voorbij jagen, hollen, rennen. Hij stond op en liep naar zijn klerenkast. Een moment lang bekeek hij zijn knokige gestalte in het spiegelbeeld van de wat donker geworden glazen deur, trok de knoop van zijn das recht en ging met een beetje speeksel op de punt van zijn wijsvinger over zijn linkerwenkbrauw. Toen deed hij de kast open, haalde er een tot een dikke baal opgerolde baan stof uit plus een hamer en een paar spijkers en verliet zijn woning zonder af te sluiten. In het trappenhuis ontmoette hij de twee jongens van het tramconducteursechtpaar van de tweede verdieping. Hun korte broeken fladderden om hun knieën terwijl ze met schelle kreten de straat op stormden. Een beetje buiten adem liep Rode Egon naar de bovenste verdieping, kwam door een lage deur op de zolder, waar hij met zijn teen tegen het levenloze lijf van een duif stootte. Hij onderdrukte een licht gevoel van walging en klom via een houten ladder door een dakraam het dak op. Een stoffige windvlaag sloeg in zijn gezicht en hij moest zijn ogen even dichtdoen. Het straatlawaai golfde gedempt omhoog, de afzonderlijke stemmen van tienduizenden Weense burgers verenigden zich tot een steeds aanzwellende en wegebbende galm, een soort sireneachtig geloei, waaronder de stad leek te vibreren. Voorzichtig liep hij over de flauwe helling helemaal naar voren naar de dakrand en ging zitten. Met een paar hamerslagen bevestigde hij het ene einde van de baan stof op de geteerde dakbedekking, vervolgens liet hij de rol simpelweg over de regengoot glijden en hoorde tevreden hoe de vijf meter stof onder hem tegen de muur van het huis klapperde en tegen het raam van de zolderverdieping van de onlangs gestorven mevrouw Hinterberger. De hamer en de rest van de spijkers stopte hij zorgvuldig in de binnenzak van zijn colbertje, hij gleed nog wat verder naar voren, schoof zijn benen over de dakrand en liet ze boven het gebruis van de Schwarzspanierstraße bungelen. Uit een geopend raam aan de overkant van de straat kwam de lucht van gebraden vlees. Op een schoorsteen zaten twee duiven. Zo nu en dan kwam er eentje overeind en trippelde kort een rondje terwijl zijn verenkleed door de wind tot een luchtige prop veren werd opgebold. Rode Egon haalde een verfrommeld pakje sigaretten zonder filter uit zijn broekzak, pakte er een uit, legde hem op zijn vlakke hand en keek er een tijdje naar. Toen deed hij hem in zijn mond en stak hem aan. Hij inhaleerde diep en met gesloten ogen. Toen na precies zeven trekken het dakraam openvloog en drie mannen en een vrouw met hakenkruisarmbanden, korte ploertendoders en van moordlust vertrokken gezichten het dak op kropen, draaide hij zich niet eens om. Hij verplaatste zijn gewicht naar voren, knipte de sigaret de diepte in en stortte erachteraan.

'Heb je dit gelezen?' vroeg Otto Trsnjek somber en hij zwaaide de ochtendeditie van de *Reichspost* boven zijn hoofd. Franz schudde zijn hoofd. Hij was de afgelopen dagen nauwelijks aan krantenlezen toegekomen, of liever, hij had zich er niet bijzonder voor ingespannen. De gebeurtenissen van de laatste tijd bromden als een drom opgeschrikte vliegen in zijn hoofd rond, en nauwelijks had hij een krant opengeslagen of de letters begonnen zich van het papier los te maken en in een onbegrijpelijke warboel op te gaan.

'Ga dan zitten en luister!' beval de sigarenboer. Franz onderbrak zijn werk, dat eruit bestond de kranten van de vorige dag uit de rekken te halen en ze door de actuele, naar verse drukinkt ruikende kranten te vervangen. Vlug stopte hij de uitgave van de *Bauernbündler*, die zoals bijna alle kranten in deze dagen een indrukwekkend gefotografeerde Adolf Hitler op de voorpagina had, in het juiste rek en liet zich op zijn krukje zakken. De sigarenboer legde de *Reichspost* open voor zich neer en begon te lezen. 'Laffe aanslag verijdeld! Zoals pas gisteren bekend werd, kon door het moedige ingrijpen van een paar Weners en Weensen een geniepige aanslag op de nieuwe geestesvrijheid in ons rijk worden verijdeld...'

'Ha!' riep Otto Trsnjek uit en hij sloeg met zijn vlakke hand op de toonbank. 'Heb je dat gehoord: "Nieuwe geestesvrijheid!"' Hij haalde nog eens uit om zijn hand op de lessenaar neer te laten suizen, maar beheerste zich op het laatste moment en las met schorre stem verder: 'De in bepaalde kringen als "Rode Egon" bekende en beruchte bolsjewiek en werkloze Hubert Panstingl wist in de avonduren op het dak te komen van het door hem bewoonde huurhuis in de Schwarzspanierstraße. Daar kon hij ongehinderd aanvangen met de doorvoering van zijn plan. Hij ontrolde een klaarblijkelijk zelf gefabriceerd spandoek dat met zijn hier niet weer te geven geklieder op verfoeilijke wijze ons rijk, ons volk en ons hoopvol vaderland moest belasteren.'

Otto Trsnjek pakte de krant, hupte met verrassende behendigheid achter de toonbank vandaan, boog zich over Franz heen en brulde in zijn gezicht: 'Wat kan er, als ik vragen mag, aan een vaderland waar een dergelijk leugenachtig en bovendien onhandig neergeklad gehakkel verschijnt in een met het Duitse journaille dwepend dweilblad, nog hoopvol zijn!?'

Franz probeerde zich zo klein mogelijk te maken. 'Luister hoe het verdergaat!' riep de sigarenboer. 'Het was alleen aan de moed van een paar toegesnelde huisbewoners en voorbijgangers te danken dat het de gevaarlijke zonderling niet gelukte zijn aanval op het Weense burgerdom langer dan nodig uit te voeren. In het volle bewustzijn van het grote gevaar waaraan ze zich blootstelden, klommen de mannen en vrouwen op het dak, stelden zich op voor de verwarde aanvaller en verzochten hem beleefd het genoemde spandoek onmiddellijk te overhandigen. De laffe communist Panstingl dacht er echter niet over van zijn plan af te wijken, maar stelde zich provocerend voor de arme mensen op en bedreigde hen. Of er daarbij ook een wapen in het spel was, kon voor het ter perse gaan niet worden opgehelderd, maar is volgens verklaringen van de betrokkenen met aanzienlijke zekerheid aan te nemen.'

'Ha!' schreeuwde Otto Trsnjek weer. 'Een wapen! Rode Egon smeerde de boter nog liever met zijn vingers op het brood dan een mes aan te raken!' Ondertussen was zijn gezicht nat van het zweet en donkerrood aangelopen. Met de uitgerafelde mouw van zijn wollen vest veegde hij over zijn voorhoofd en hij ging verder: 'Bij zijn gewelddadige aanvalspoging schijnt de dader echter zijn evenwicht te hebben verloren en hij stortte over de dakrand de diepte in. Gelukkig raakte door de smak op het trottoir niemand gewond. De dader is dood en het schandalige spandoek kon worden binnengehaald en vernietigd!'

De sigarenboer stond een beetje te wankelen en staarde even naar de krant in zijn handen. Opeens liep er een huivering door zijn lichaam. Met snelle bewegingen verscheurde hij de pagina's in steeds kleinere snippers die om hem heen langzaam naar de vloer dwarrelden. Toen hij klaar was, liet hij langzaam zijn handen zakken. Zijn vest was verschoven en hing scheef van zijn schouders. Zijn schoen kraakte zacht door de minieme bewegingen van zijn been.

'Weet je wat er op het spandoek geschreven stond?' fluisterde hij. Franz schudde zwijgend zijn hoofd. 'DE VRIJHEID VAN EEN VOLK BEHOEFT DE VRIJHEID VAN ZIJN HART. LEVE DE VRIJHEID! LEVE ONS VOLK! LEVE OOSTENRIJK!'

De schoen van Otto Trsnjek kraakte niet langer, hij stond nu stil. Maar het volgende moment al rukte hij zich uit zijn verstarring los, hupte met kleine sprongen weer achter de toonbank en ging zitten. Franz zag hoe hij achteroverleunde en hoe zijn gezicht langzaam in de schaduw achter de lamp verdween.

Ook die nacht ging het inslapen moeizaam. Zoals altijd de laatste tijd. Hoewel Franz onveranderd elke avond uitgeput was, had hij sinds zijn aankomst in Wenen problemen met het vinden van de zoete slaap die hem in zijn bed aan het meer steeds zo vanzelfsprekend had omhelsd en weggevoerd. Dus nu lag hij weer in bed, op zijn rug, met zijn handen achter zijn hoofd gevouwen en zijn ogen open, en luisterde naar de duisternis. Buiten was het ondertussen al bekende geloei van overdag overgegaan in het eveneens al gewoon geworden gejammer 's nachts, dat voortdurend door de straten leek te waaien en zelfs zijn sigarenhokje binnenzweefde. Zo nu en dan borrelde er iets in de muren. En uit de winkel drong soms een licht geritsel tot hem door. Muizen misschien, dacht Franz, of ratten. Of de gebeurtenissen van de afgelopen dag, die al hun eigen herinnering waren geworden en de kranten uit ritselden. Het is immers eigenlijk wel vreemd, dacht hij verder, hoe de kranten al hun waarheden in grote dikke letters uitbazuinen, om ze dan in de volgende editie meteen weer met kleine letters te schrijven, er bij wijze van spreken niets van heel te laten. De waarheid van de ochtendeditie is nagenoeg de leugen van de avondeditie, dacht hij, wat voor de herinnering ongetwijfeld weer geen al te grote rol speelt. Wat mensen zich herinneren is namelijk sowieso meestal niet de waarheid, maar dat wat luid genoeg wordt uitgebruld of in dit geval vet genoeg wordt afgedrukt. En als dat herinneringsgeritsel op een gegeven moment lang genoeg heeft geduurd, dacht hij ten slotte, ontstaat daaruit geschiedenis. Hij trapte de deken van zich af en strekte zijn armen uit. Vanuit de matras hoorde hij zijn hart slaan, donker en zacht stampend als een scheepsmotor. Goed klinkt dat, dacht hij, terwijl hij toekeek hoe zijn lichaam zich langzaam van het bed losmaakte. Het voelde goed, maar het was maar een korte vlucht. Iemand riep hem iets na, en onder hem snoven de stoomschepen over het meer. De vissen lieten hun buiken zien en op de golven schommelde zachtjes een zwarte hoed. Het vlaggetje aan de horizon was echt niet meer over het hoofd te zien. 'Neem me niet kwalijk, maar uw moeder wuift!'

Zijn hart klopte Franz weer uit de slaap, een gelijkmatig luider wordend bonken. Intussen had hij zichzelf er met enig succes aan gewend zijn dromen op te schrijven. Elke nacht opnieuw vond hij op de tast lucifers en kriebelde bij het flakkerende kaarslicht een paar warrige woorden op een van de ruitjesblaadjes die hij onder zijn bed had gelegd. Het was lastig en in het begin leverde het niets op. Eigenlijk deed hij het alleen omwille van de professor en omdat hij heimelijk een slecht geweten had als hij het niet deed. Aan de andere kant was de laatste dagen ook juist een zekere gewenning opgetreden. Of een soort voldoening over zijn vermogen zichzelf te overwinnen. Of misschien zelfs iets van een gevoel van verlichting of tevredenheid. Zo heel precies kon Franz het niet formuleren, maar het maakte hem ook eigenlijk niets uit. Hij schreef nu zijn dromen op en kon daarna – en dat was althans het bijeffect dat de hele zaak de moeite waard maakte – de volgende uren vredig, want zonder dromen slapen.

Een vlucht over de Attersee schreef Franz in zijn kinderlijke krabbelschrift, *iemand roept me iets na, de stoomboten zijn mooi, de vissen niet. De professor heeft vermoedelijk zijn hoed verloren en van ergens ver weg wuift mijn moeder naar mij.* Hij legde het blaadje en het potlood onder zijn bed en blies de kaars uit. Even flakkerde het licht nog na achter zijn oogleden. Aha, dacht hij, kennelijk bestaat er niet alleen ritselherinnering, maar ook flakkerherinnering. Hij moest een beetje giechelen. Sinds hij Salzkammergut had verlaten perste hij er gedachten uit waarvan hij nooit had vermoed dat hij ze in zich kon hebben. Het meeste daarvan was waarschijnlijk vreselijke flauwekul. Maar toch ook wel interessant. Hij draaide zich op zijn zij, deed zijn ogen dicht en voelde hoe hij vlak voor zichzelf uit wegdreef.

Bijna precies drie seconden later zat hij rechtop in bed en hield zijn adem in. Lawaai had hem in de werkelijkheid terug gerukt, krakend en splinterend lawaai, dat de nacht kapot leek te scheuren. Toen weer stilte. Franz sprong overeind en rende de winkel in. Voor hem, in het vale licht van de vroege morgen, lag een ongelooflijke chaos. De etalage was ingeslagen, de deur hing scheef in zijn hengsels, uit het kozijn staken lange splinters. De grond was bezaaid met stukjes glas, twee omgevallen krantenrekken lagen dwars over elkaar heen, overal waren kranten, sigarenkistjes, pakjes tabak, open doosjes potloden en losse sigaretten verspreid. Buiten op de stoep bolden afzonderlijke krantenpagina's op en dwaalden als zacht ritselende spoken naar de overkant van de straat. Franz zette aarzelend een voet naar voren. Onder zijn leren pantoffels, die de sigarenboer hem een tijdje geleden voor acht onbetaalde overuren had afgestaan, knerpte het glas. Van het deurkozijn drupte een taaie vloeistof die op de grond een glanzende vlek begon te vormen. En toen zag hij het ding op de toonbank. Een zwart geval, een donker lichaam, een natte hoop, die over de toonbank uitzakte. Even leek het alsof het ademde, heel langzaam omhoogkwam, inzakte en weer omhoogkwam. Er sloeg een onaangename lucht van af, ranzig, zoet, maar ook een beetje zurig. Het was de lucht van oud vlees, van bloed en stront. Voorzichtig boog hij zich eroverheen. Dat het ademhaalde was natuurlijk verbeelding geweest. Op de toonbank lagen de ingewanden van één of meer grote dieren. Slappe repen weefsel, glanzende brokken vet en het bolle darmscheil met zijn net van fijne aders. Toen Franz terugdeinsde, knapte er iets onder zijn voet. Tussen het glas lag een afgehakte kippenkop die met blauwige, dode ogen naar hem opkeek.

Toen Otto Trsnjek 's ochtends stipt om zes uur arriveerde om de winkel te openen, zei hij geen woord. Zwijgend bekeek hij zijn zaak: het scheef boven de ingang neergesmeerde opschrift HIER KOOPT DE JOOD!, de met emmers uitgeschudde viezigheid, de scherven, het bloed, de kippenkoppen, de stinkende hoop darmen op de toonbank en zijn leerjongen Franz die in elkaar gezakt op het krukje in de etalage zonder raam zat en naar het plaveisel staarde. Lange tijd stond hij daar gewoon maar, onbeweeglijk en stom. Ten slotte opende hij zijn mond om iets te zeggen, maar meer dan een geluidje, nauwelijks meer dan het knappen van een speekselbelletje kwam er niet uit. Dus ging hij aan het werk.

Samen veegden ze het glas van de vloer, stopten de ingewanden en de kippenkoppen in grote linnen zakken, die zich snel volzogen met bloed. Ze schrobden de stoep, de muren, de vloerplanken en de rekken, ze pakten de vieze, doorweekte, gebroken of verbrokkelde sigaren en sigaretten in een kartonnen doos en deponeerden de hele boel naast een groepje vuilnisbakken op de binnenplaats achter. Vervolgens trokken ze voorzichtig de laatste splinters uit de kozijnen van de etalage, haalden de deur eruit, hamerden de scharnieren recht en hingen de deur er weer in, en ze schrobden vloerplanken, rekken en toonbank nog eenmaal met azijn en een rozerood, giftig ruikend poeder. Toen ze na een paar uur met poetsen klaar waren, zette de sigarenboer zijn krukken naast elkaar op de vloer, legde zijn beenstomp zorgvuldig op de handgrepen en haalde diep adem. 'Naar de meester-glazenmaker gaan we zo wel,' zei hij toen, 'nu ga je eerst maar eens twee bier voor ons halen!'

Ze dronken het bier uit de fles, zwijgend, langzaam en met kleine slokjes, de sigarenboer op zijn plek achter de toonbank, Franz op zijn krukje. Het was Stiermarks bier, donker en rins. Intussen was het middag geworden, de voorbijgangers haastten zich over straat, slechts weinigen schonken het sigarenzaakje aandacht, bijna niemand stond stil om door de etalage zonder ruiten een blik naar binnen te werpen. Eén keer bleef er een uitgemergelde hond staan, die rond de ingang snuffelde, maar snel door zijn baasje aan de lijn werd gedaan en meegetrokken. Aan de overkant van de straat liep mevrouw dr. dr. Heinzl gehaast voorbij. Ze leek haar volle aandacht te hebben bij de weg die ze te gaan had, in ieder geval keurde ze het sigarenzaakje geen blik waardig. Een wat oudere politieagent stak zijn hoofd om de deur, keek even rond, tikte zonder iets te zeggen tegen zijn pet bij wijze van groet en verdween weer. Ergens achter het Wienerwald begon de zon onder te gaan, het bier was op en Otto Trsnjek schraapte zijn keel om iets te gaan zeggen. 'Interessant,' zei hij, 'dat je op een hele dag zo weinig kunt praten!'

Op dat moment stopte er een ouderwetse, donkere auto voor de ingang en drie mannen in grijze pakken stapten uit. Zonder enige noodzaak klopte een van hen op het kozijn van de openstaande deur, een wat mistroostig ogende man met het gelige gezicht van een ambtenaar. 'Meneer Trsnjek?'

'We sluiten zo,' zei de sigarenboer.

De man vertrok zijn mond tot een scheve glimlach. 'Dat kan wel zijn,' zei hij, 'maar pas als wij het u zeggen!'

'Smeer 'm, stelletje rotzakken!' siste Otto Trsnjek zachtjes en het klonk alsof hij ze de hoed van de kop wilde spuwen. De mistroostige man bleef een seconde onbeweeglijk staan, knikte daarop naar zijn collega's en deed een stap opzij. Een van de mannen nam de deur, de ander kwam direct door de etalage naar binnen. Zonder zichtbaar uit te halen sloeg hij met zijn vuist tegen Franz' linkeroor. Terwijl Franz van het krukje gleed, voelde hij het warme bloed al uit zijn oorschelp schieten. Dwars door het ruisen heen hoorde hij de sigarenboer schreeuwen en zijn wollen vest scheuren toen ze hem grepen en over de toonbank heen op de grond trokken. 'Otto Trsnjek, ik arresteer u wegens het bezit en het verspreiden van pornografisch drukwerk!' riep de mistroostige man. Even was het stil. Hoewel de sigarenboer op de grond geknield zijn hoofd gebogen hield, dacht Franz op zijn voorhoofd een donkere vlek te zien.

'Waar heb je die rukblaadjes verstopt?' vroeg de mistroostige man. Otto Trsnjek boog zijn hoofd nog dieper. Een van de mannen trapte hem krachtig tegen zijn ribben. Met een grom viel hij opzij, hield zijn handen beschermend voor zijn gezicht en trok zijn been zo dicht mogelijk tegen zijn lichaam. Na een knik van zijn meerdere liep de derde man rond de toonbank, rukte de lade open, trok het stapeltje 'dartele bladen' eruit en hield het met een triomfantelijke grijns omhoog.

'En dat soort prulboeken verkoop je aan de Joden?'

Otto Trsnjeks hoofd schokte en hij opende zijn mond voor een nauwelijks hoorbaar 'Ja!'

'Sinds wanneer is dat al aan de gang?'

'Weet niet.'

De mistroostige man knikte en zijn collega kwam erbij. Een harde trap met zijn schoenpunt in de nieren van de sigarenboer. Otto Trsnjek kreunde gedempt en kroop nog verder in elkaar. Franz sloot zijn ogen. Het ruisen in zijn oor was minder geworden, de pijn bijna verdwenen. Opeens moest hij denken aan de wormen die hij als jongen na aanhoudende regenval uit de sappige aarde had getrokken en die op zijn handpalm altijd zo blind en tomeloos hadden gekronkeld. Vreemd voelden die wormen aan, bol, glibberig en koel, en als hij ze met een naainaald prikte, krulden ze zich heel klein op en uit het ontstane gaatje zwol een donker druppeltje.

'Dus, nog één keer: sinds wanneer verkoop je die vieze blaadjes aan de Joden?'

'Altijd al...' fluisterde de sigarenboer.

'Maar mijn beste meneer de tijdschriftenverkoper, zoiets doet men toch niet,' zei de mistroostige man met een berispend hoofdschudden. Hij bukte zich, pakte Otto Trsnjeks hoofd bij het haar en tilde het langzaam op van de vloer.

'Maar dat klopt toch helemaal niet!' In de hoek was Franz overeind gekrabbeld en hij stond nu wankel op zijn benen. 'Die blaadjes zijn van mij! Die heb ik zelf gekocht! Allemaal! Omdat ik er namelijk soms zo graag in kijk!'

'Hou je bek, Franz!' siste de sigarenboer. 'Je hebt geen idee wat je daar uitkraamt!'

'Met permissie, dat weet ik heel goed! En bovendien, de waarheid is de waarheid en daarmee uit! En als iemand iets stoms heeft gedaan, moet hij daarvoor kunnen instaan! Daarin zult u me gelijk moeten geven, nietwaar, meneer de politieman?'

De mistroostige man liet Otto Trsnjeks hoofd vallen als een rotte appel. Hij kwam overeind en staarde Franz aan.

'Dus het zal het beste zijn dat u me meteen meeneemt naar het politiebureau of het wachtlokaal of waar dan ook heen. De blaadjes zijn uiteindelijk mijn blaadjes, ik heb ze gekocht en gelezen, ik heb naar de plaatjes gekeken en ik heb ze in de la verstopt. En als dat allemaal zo nodig misdadig is, dan wil ik daar met permissie ook verantwoordelijk voor zijn!'

'Hou je waffel, sukkel!' perste de sigarenboer eruit.

'Maar waarom?' vroeg de mistroostige man vriendelijk. 'Laat die knul toch een beetje praten! Hoe heet hij eigenlijk?'

'Met permissie, ik ben geen knul, en ik heet Franz Huchel!'

De mistroostige man vouwde zijn handen op zijn rug en liep met twee, drie slepende passen op Franz af. 'O ja? Nou, zegt u dan maar wat u te zeggen hebt, meneer Huchel!'

'Franzl...' De sigarenboer had zijn hoofd weer van de vloer getild. Zijn gezicht vertrok van de pijn en zijn blik dwaalde even tussen de sigarenkistjes in de rekken voor hij Franz vond. 'Je bent mijn leerjongen... en bovendien een sukkel. En daarom doe je nu precies wat ik tegen je zeg: je gaat weer zitten en je houdt je dwaze mond!' Pas nu zag Franz het dunne bloedspoor dat over zijn kin liep, een zwak stroompje, nauwelijks breder dan een draad. En opeens zag hij ook de vertwijfeling in zijn ogen. Als een sluier, dacht Franz, als een ragfijne, donkere sluier. En op dat moment was alles hem duidelijk. Een fractie van een seconde ging er een raam naar de toekomst open, waardoor er een krijtwitte angst op hem af zweefde, op hem, de kleine, domme, machteloze jongen uit Salzkammergut. Met een onderdrukte snik liet hij zich op zijn knieën vallen, sloeg beide armen om de nek van de sigarenboer en drukte zijn lichaam tegen zich aan. 'Laat me, Franzl,' fluisterde Otto Trsnjek schor in Franz' haar. 'Alsjeblieft, laat me!'

Nadat ze de sigarenboer op de achterbank hadden ingeladen en de auto, na een aantal startpogingen, met knallende uitlaatpijp vanwege een ontregelde ontsteking de Währingerstraße op was gereden en de Boltzmanngasse in was geslagen, bleef Franz nog een tijdje voor het sigarenzaakje staan. Het was zacht gaan miezeren, een warme voorjaarsmotregen, waardoor het plaveisel begon te geuren. Ver achter een paar daken was nu beslist ergens een regenboog te zien. De sigarenboer had niet meer geschreeuwd en niets meer gezegd, hij had zich zonder verdere tegenstand laten afvoeren en was ondersteund door de grijze mannen naar de auto gehupt. Franz was nog teruggerend om de krukken te halen, maar toen hij daarmee weer naar buiten kwam, waren ze al weggereden. Nu leunden de krukken als twee oude stokken naast de ingang, nutteloos en scheef. Over de ruiten van slagerij Roßhuber liep het regenwater in smalle beekjes naar beneden. Daarachter was de gedaante van de meester-slager op een achterschenkel aan het inhakken. Met de armen over elkaar op zijn bebloede schort had hij in zijn winkeldeur het afvoeren van de sigarenboer met een krullende glimlach gadegeslagen. Toen de auto ten slotte was verdwenen, had hij met een kort uitgestoten lach zijn hoofd geschud en was weer naar binnen gegaan. Franz stond er nog altijd en bewoog zich niet. Dat was het misschien wel, dacht hij, gewoon zo blijven staan en je niet meer verroeren. Dan zou de tijd aan je voorbijdrijven en hoefde je niet meer mee te zwemmen of ertegenin te ploeteren. Voorbijgangers haastten zich zonder kijken langs hem. Ergens blèrde een kind. Uit de bloembedden rond de Votiefkerk drong het gekwinkeleer van de merels tot hem door. Op een raamrichel boven installatiebureau Veithammer fladderden twee duiven even op voor ze zich weer in hun vensterhoek nestelden. Een windvlaag waaide een motregensluier in Franz' gezicht. Wel lekker eigenlijk, dacht hij, sloot zijn ogen en wenste dat hij ze nooit meer open hoefde te doen. Toen hoorde hij iemand achter zich die met zwakke stem kuchend tegen hem zei: 'Heeft er hier nog iemand belangstelling voor de clientèle, of moet ik me misschien zelf maar bedienen?' Het was juristieker Kollerer. In zijn dikke brillenglazen kon Franz zich dubbel weerspiegeld zien, met op de achtergrond in de nevelige motregen de twee wazige torens van de Votiefkerk.

'De winkel is vanzelfsprekend open, meneer de juristieker!' zei Franz. 'Voor u de *Wienerwaldbote*, de *Bauernbündler* en een "lange Heinrich", zoals altijd?'

Bij meester-glazenier Staufinger bestelde Franz nieuwe ruiten, die ook prompt werden geleverd en precies pas aangebracht. Voor het eerst sinds vele jaren viel er meer dan wat vaag schemerlicht in het sigarenzaakje. Het heldere licht van de straat drong door tot in elke hoek en de kleuren op de deksels van de sigarenkistjes straalden ongekend bont en als nieuw. Maar nu waren ook de spinnenwebben en de bruinige vochtvlekken op het plafond te zien. Franz kocht een emmer witte verf, leende bij mevrouw Veithammer van het installatiebureau een ladder, een schildersvoorschoot en een grote paardenharen kwast en begon het plafond te schilderen. Toen hij daarmee klaar was, schilderde hij de muren en de stoelstijlen, daarna de rekken, de vitrine voor de schrijfbenodigdheden, de uitstalkast met de kantoorartikelen, het plankje met het pijptoebehoren, de poten van de toonbank en ten slotte de kozijnen van de deur en de etalage. Met het laatste beetje verf repareerde hij de afgesplinterde lak op de handgrepen van de laden en hij tipte ten slotte een klein wit puntje op de knop van de winkeldeur, gewoon omdat hij dat leuk vond en het er ook wel mooi en vriendelijk en artistiek uitzag. Achter een stapel liefdesromannetjes voor de beschaafde vrouw vond hij Otto Trsnjeks ietwat bestofte leesbril met het smalle montuur. Hij maakte hem met een beetje speeksel en zijn hemdsmouw schoon, wikkelde hem in krantenpapier en borg hem zorgvuldig op onder de toonbank. Hij vulde de inkt bij, doopte de vulpenpunten in een waterbad, sleep de potloden en streek de ezelsoren in de boekhoudingsmap glad. Bij de winkeldeur ging hij op zijn tenen staan en poetste en boende en wreef de klokjes net zo lang tot ze glommen als kerstboomversiering. Op een stuk karton schilderde hij in dikke rode letters de woorden: ZEER GEËERDE KLANTEN, TABAK TRSNJEK BLIJFT OPEN – KOM BINNEN, U WORDT GEHOLPEN! en plakte het bord vanbinnen op ooghoogte op de deur. Hij liep naar mevrouw Veithammer om haar de ladder, de kwast en het voorschoot plus een snel uit het bloembed bij de Votiefkerk geplukte helgele bloem te brengen, waste daarna de verf van zijn handen en het stof uit zijn haar, en liet zich ten slotte moe en naar huishoudzeep ruikend in Otto Trsnjeks stoel zakken. Hij zat daar even naar het kraken van het leer onder zijn achterste te luisteren, toen pakte hij een mooi groot ruitjesblad uit de lade en begon te schrijven.

Beste mama,
Dit is mijn eerste brief aan je. En eigenlijk niet de eerste aan jou, maar mijn allereerste brief. Wat ik je namelijk allemaal wil schrijven past helemaal niet op een enkele kaart. Terwijl ik op het moment al helemaal niet meer weet wat ik je eigenlijk wilde vertellen. En dat is weer typerend. De laatste tijd werkt mijn hoofd niet meer zoals het zou moeten. Alsof iemand het tussen zijn grote handen had genomen en flink door elkaar geschud, zo voelt het. Daarom eerst maar eens in alle rust op het rijtje af en bij het begin beginnen: bij ons in Wenen is het heel mooi. Na de lange winter komt de lente uit alle hoeken en gaten tevoorschijn gekropen. Overal bloeit iets. De parken zien er al bijna zo uit als op de ansichtkaarten en uit elke paardenvijg die is blijven liggen schiet een lelietje-van-dalen omhoog. De mensen zijn helemaal gek, rennen rond als kippen zonder kop en zijn de weg kwijt. Als je het mij vraagt, ligt dat niet alleen aan de lente, maar met name aan de politiek. Het zijn vreemde tijden nu. Of misschien waren de tijden altijd al vreemd en heb ik het niet gemerkt. Tot voor kort was ik immers nog een kind. En nu ben ik nog geen man. Dat is de hele ellende. En daarmee zijn we ook al bij het volgende onderwerp beland: met het meisje (ik heb het je toch geschreven!) is het vooralsnog of definitief toch niets geworden. Vraag me niet waarom, het is nu eenmaal zo. Misschien is de liefde niets voor mij. Misschien ben ik niets voor de liefde. Ik weet het niet. Weet jij het

misschien? Weet jij of ik deug voor de liefde? Weet jij wat de liefde is? Weet jij eigenlijk wel iets over de liefde? Eerlijk gezegd voelt het nogal vreemd om je eigen moeder dat soort dingen te vragen. Gênant eigenlijk. Maar op afstand gaat het. In ieder geval ben ik benieuwd wat jij ervan denkt. Overigens en over afstand gesproken, je moet me beslist over het meer schrijven. De kaarten zijn wel mooi, maar foto's zijn nu eenmaal maar foto's en kunnen bedrieglijk zijn. Net als die zwaar opgemaakte gezichten op de voorpagina's in de winkel hier. Die kijken je aan dat je gelooft dat ze jou persoonlijk bedoelen en in werkelijkheid kijken ze alleen maar naar een camera en denken aan een malse rundvleesgoulash en ze krijgen er een hoop geld voor. Nou ja, je ziet het, met mijn door elkaar geschudde hoofd heb ik niet overdreven. Als de brief een rode draad had gehad was die op zijn laatst nu verdwenen of op zijn minst uitgerafeld. Daarom maar liever snel naar het volgende onderwerp. De professor en ik zijn intussen vrienden. (En dat mag je rustig van me aannemen!) Hoewel we allebei bijna voortdurend werken, brengen we zo veel mogelijk tijd met elkaar door. We zitten op de bank, gaan naar het park en praten over van alles. Hij rookt. Ik niet. Ik vraag hem een paar dingen. En hij vraagt mij dan weer wat. We weten weliswaar vaak geen van beiden het antwoord, maar dat kan ons niet schelen. Onder vrienden hoef je nu eenmaal ook niet alles te weten. Het leeftijdsverschil maakt ons trouwens niets uit. Laat de mensen

maar kijken en zoveel kletspraat verkopen als ze willen – dat kan ons niet schelen. Hoewel de professor aan de andere kant natuurlijk echt heel oud is. Soms, als ik zo naar hem kijk, geloof ik dat hij ergens uit lang vergeten tijden naar ons toe is gegroeid. Net als de oude pruimenboom die zich achter de hut zo krom en scheef naar de oever buigt. Dat hij een Jood is, stoort me helemaal niet. Als Otto Trsnjek het me niet had verteld, had ik het waarschijnlijk niet eens gemerkt. Ik weet trouwens helemaal niet waarom de mensen de Joden steeds allemaal moeten hebben. Op mij maken ze eigenlijk een heel fatsoenlijke indruk. Maar om de waarheid te zeggen, ik maak me al een tijdje zorgen. Om de professor en in het algemeen. Zoals gezegd: vreemde tijden. En nu komen we ook bij een helaas nogal onaangenaam geval: Otto Trsnjek is namelijk ziek geworden. Niet erg, maar toch. Zijn lever misschien, of zijn nieren of iets anders in zijn buik. Als je het mij vraagt komt het door het ongezonde eten. In Wenen is het eten immers haast nog vetter dan bij ons. En met maar één been kun je ook niet al te grote sprongen maken, op sportgebied, bedoel ik. In ieder geval blijft hij eerst maar eens een paar dagen thuis en moeten we afwachten. Ik zal hem namens jou beterschap wensen, als je dat goed vindt.
Beste mama, vaak ben ik verdrietig en weet ik waarom. Maar vaak ben ik ook verdrietig en weet ik niet waarom, en dat is bijna nog erger. Soms zou ik willen dat ik terug was aan het meer. Natuurlijk weet ik dat dat niet

meer zo gemakkelijk is. Ik heb al zoveel gezien en geroken en geproefd. Ik weet niet waar het heen gaat, maar wel dat het verder zal gaan. En daarom houd ik nu op met dat gemopper. Ik draag namelijk vanwege Otto Trsnjeks afwezigheid met onmiddellijke ingang de voorlopige verantwoordelijkheid van een dienstdoende sigarenboer en moet in overeenstemming daarmee vooruitkijken. Je mag gerust trots op me zijn, mama!
Je Franz

Het zaakje lag weliswaar niet helemaal op zijn gat, maar het liep slecht. De Joodse klanten waren bijna allemaal verdwenen. Misschien hadden ze vanwege de voorvallen de laatste tijd een andere sigarenboer genomen, stelde Franz zich voor, of ze verscholen zich in hun woningen, hielden zich koest en hadden het lezen en roken tijdelijk gestaakt. Alleen de oude meneer Löwenstein kwam zoals altijd en kocht zijn een of twee pakjes Gloriette. Zijn slechte oren, zijn nog slechtere ogen en in het algemeen de zich langzaam in zijn lichaam verspreidende ouderdomszwakte maakten hem ongevoelig voor de zich in de stad verspreidende en voor het volk van Mozes toch alles bij elkaar genomen bepaald onaangename gebeurtenissen, zoals hij een keer vertelde, waarna hij zacht giechelend naar buiten dribbelde.

Maar ook de niet-Joodse klanten lieten zich zelden of nooit zien. Vermoedelijk omdat ze afwachtten hoe alles zich zou ontwikkelen, de situatie als geheel en in het bijzonder die van het sigarenzaakje, dat immers zoals werd beweerd 'dartele bladen' aan Joden had verkocht en nu werd geleid door zo'n vreemde bosarbeidersjongen. Want afwachten was zoals bekend nu eenmaal altijd de beste en misschien zelfs de enige mogelijkheid om niet aangeraakt te worden door de verschillende problemen die zich voordeden.

De paar mensen die nog kwamen, waren veranderd. Velen van hen droegen nu bruine hemden, sommige hadden hakenkruisarmbanden of op zijn minst hakenkruisspeldjes op hun kraag, en de meesten leken vaker naar de kapper te gaan dan vroeger. Bovendien blonk er een merkwaardig licht in hun ogen. Een soort optimistisch, vief of bezield, maar eerder eigenlijk ook een dommig licht was het, heel precies kon Franz dat niet uit elkaar houden, in ieder geval blonken ze en ze praatten met luide, duidelijke stem. De gedempte babbeltoon van de bestellings- en verkoopgesprekken, die altijd zo goed in het schemerige sigarenzaakje had gepast, had plaatsgemaakt voor een krachtige, sonoor klinkende uitdrukkingswijze. Het klonk alsof de klanten nu pas echt wisten wat ze wilden, beter gezegd, waar ze altijd al naar op zoek waren geweest. Steeds meer mensen groetten met 'Heil Hitler!' en staken daarbij hun arm omhoog. Franz, die dat een beetje overdreven vond, nam de gewoonte aan erop te antwoorden met een vrijblijvend 'Dank u, insgelijks!'

Met het krantenlezen was hij bijna helemaal gestopt,

de kranten waren toch bijna uitsluitend met dezelfde, steeds terugkerende inhoud gevuld. Als je de *Wienerwaldbote* had gelezen, kende je ook de *Bauernbündler*, als je door de *Reichspost* heen was, kon je je het *Volksblatt* meteen besparen, enzovoort. Het was alsof de redacties elke dag op één enkele gigantische vergadering bijeenkwamen om voor het behoud van een schijnbare objectiviteit met name de koppen op elkaar af te stemmen en dan hier en daar een paar tekstverschillen in de verder volkomen eensluidende artikelen in te voegen. Meestal ging het over Adolf Hitler. In minder dan geen tijd had de kleine Opper-Oostenrijker zijn intrek genomen in de hoofden van zijn landgenoten en hij zou daar zeker niet zo snel weer uit verdwijnen. Ze waren allemaal totaal verzot en verkikkerd op die kranige man met zijn ruwharige snorretje. En dat terwijl Heinzi duidelijk de betere Hitler was, dacht Franz, een tenminste op het eerste gezicht veel opmerkelijker rijkskanselier, eentje met verreweg meer kranigheid en een verreweg grotere uitstraling. Franz dacht vaak aan monsieur de Caballé met zijn mes in zijn broek. Maar nog veel vaker dacht hij aan Anezka. Soms schreef hij haar naam op een blad papier, zomaar, in hoofdletters en met Otto Trsnjeks duurste inkt. Of als er even geen papier voorhanden was met kleine letters op de rand van een oude krant. Op een rustig moment na winkelsluiting begon hij haar naam op zijn linkerhandpalm te schrijven, eenmaal, tweemaal, nog eens en steeds maar weer. Hij schreef haar naam op elk afzonderlijk kootje, op vingertoppen, kanten en knokkels, kriebelde hem piepklein in de gewrichtsplooitjes en nog een beetje kleiner onder zijn nagelranden. Toen er op zijn hand geen plekje meer vrij was, rolde hij zijn mouw op en schreef verder op zijn arm: Anezka op zijn pols, Anezka tussen de aderen en de haartjes op zijn onderarm, Anezka op zijn elleboog, op zijn bovenarm en in grote, wild krullende letters rond zijn schouder.

Op een stralende maandagochtend in april kwam de sinds vierendertig jaar voor het district Alsergrund/Rossau verantwoordelijke, zwaar corpulente en juist daarom ook tamelijk kortademige postbode Heribert Pfründner het sigarenzaakje in, wachtte zoals altijd tot de klokjes uitgeklingeld waren, neuzelde een wat vitterig 'Heilitler' tegen niemand in het bijzonder, smeet samen met een paar prospectussen, het maandelijks verschijnende districtskrantje en een uitnodiging voor de feestelijke opening van het verenigingsgebouw van de Eerste Ottakringer Turnbond een eidooiergele envelop op de toonbank, tikte bij wijze van afscheid met twee vingers tegen zijn bezwete slaap en hijgde weer naar buiten. Franz sloot het sigarenzaakje, trok zich terug in zijn hokje, ging op de rand van het bed zitten en bekeek de envelop, waar in de rechterbovenhoek een postzegel ter ere van de fiere bevelhebber generaal Radetzky was geplakt en links de liefdevol neergeschreven naam van zijn moeder stond. Met van ongeduld trillende vingers opende hij hem en begon te lezen.

Lieve Franzl,
Heel hartelijk dank voor je brief. Je hebt zo mooi geschreven en ik was er erg blij mee. Bij ons is het warm. De Schafberg ziet er vriendelijk uit en het meer is zilverig of blauw of groen, net wat het zelf wil. Aan de overkant hebben ze grote hakenkruisvlaggen op de oever neergezet. Ze spiegelen zich in het water en zien er heel accuraat uit. Trouwens, tegenwoordig is iedereen heel accuraat en rent met gewichtige gezichten rond. Stel je voor, Hitler hangt nu zelfs in de herberg en in de school. Pal naast Jezus. En dat terwijl we toch helemaal niet weten wat die twee van elkaar denken. Jammer genoeg is Preiningers mooie auto in beslag genomen. Zo heet dat tegenwoordig als dingen verdwijnen en ergens anders weer opduiken. Waarbij ik zeggen moet: erg ver is de auto niet gekomen. De burgemeester rijdt er nu namelijk mee door de omgeving. Sinds de burgemeester een nazi is geworden, gaat veel hem gemakkelijker af. Trouwens, ze willen opeens allemaal nazi zijn. Zelfs de boswachter rent met een felrode armband door het bos en is verbaasd dat hij niets meer schiet. Nu ik eraan denk, herinner je je onze plezierboot Hannes? Die hebben ze opnieuw geverfd en omgedoopt. Nu glimt hij als een afgesabbeld zuurtje en heet 'Heimkehr'. Maar meteen bij de eerste vaart onder de nieuwe naam ontplofte de dieselmotor en de mensen heeft men met roeiboten aan land moeten brengen. Och, Franzl, lieve jongen, waar moet het allemaal heen? Preininger is dood en jij

bent ver weg. Soms lig ik in bed in de kussens te jammeren omdat er niemand meer is op wie ik kan passen. En niemand die op mij past. Maar er gebeuren ook mooie dingen, stel je voor, ik heb werk gevonden. Zum Goldenen Leopold heeft sinds kort namelijk een paar kamers voor gasten, die maak ik drie keer in de week schoon. De verdienste is niet groot, maar soms krijg je fooi. Een keer heeft de waard me opgewacht en op een bed gegooid. Toen heb ik hem gezegd dat ik bevriend ben met Obersturmbannführer Graleitner uit Linz en dat zoiets hem zeker niet zou bevallen. Toen schrok de waard en hij stotterde iets over een dom misverstand. Sindsdien laat hij me met rust. Als hij eens wist dat ik Obersturmbannführer Graleitner maar had verzonnen!
Dat Otto Trsnjek ziek is geworden vind ik heel jammer. Ik hoop dat het gauw beter met hem gaat. Wens hem alsjeblieft van harte beterschap van me! Onder zijn chagrijnige sigarenboerenvel schuilt namelijk een liefdevolle mensenziel. Geloof ik tenminste. Het is immers beslist niet makkelijk om je been in een loopgraaf achter te laten. Vooral als je je afvraagt: voor wie eigenlijk? Dan is het geen wonder als je ziel er ook een beetje gammel vandaan komt, of niet?
Eerlijk gezegd weet ik niet precies wat ik ervan moet denken dat je professor Freud hebt leren kennen. Helemaal in orde vind ik het niet. Vroeger kon ik je de omgang met andere jongens nog verbieden, als er eentje me niet beviel. Die tijden zijn voorbij. Je bent nu oud ge-

noeg en zult wel weten wat je doet. Maar bedenk alsjeblieft: ook als de Joden nog zo fatsoenlijk zijn, wat baat het hun als om hen heen al het fatsoen allang de benen heeft genomen?
Lieve Franzl, dat het met het meisje voorlopig of voor altijd niets is geworden, vind ik natuurlijk jammer. In het bijzonder omdat immers bekend is hoe goed Boheemse vrouwen koken. Aan de andere kant, wie weet waar het goed voor was! Soms moet je het ene laten gaan zodat het andere kan komen. Je vraagt me of ik iets over de liefde weet. Om je de waarheid te zeggen weet ik er niets vanaf. Hoewel ik haar heb leren kennen. Niemand weet iets van de liefde. En toch hebben de meeste mensen haar al ondervonden. De liefde komt en gaat en van tevoren heb je er geen hoogte van en achteraf heb je er geen hoogte van, en het allerminst heb je er hoogte van als ze er is. En laat ik je daarom één ding zeggen: niemand deugt voor de liefde en toch of juist daarom krijgt ze ieder van ons ooit te pakken!
Het is hartverscheurend om te horen dat je soms verdrietig bent. Wat zal ik je daarover zeggen? Er zijn zoveel soorten verdriet als er uren in een leven zijn. En waarschijnlijk nog een paar meer. Daarom maakt het niet uit of je weet waar dit of dat verdriet vandaan komt. Het hoort bij het leven. Als je het mij vraagt zijn zelfs de dieren verdrietig. En misschien ook de bomen. Alleen de stenen niet. Die liggen gewoon zomaar in het rond en doen niets. Maar wie wil dat nou?

Lieve Franzl, eet je wel genoeg? Je was altijd zo dun! Als je het meer in sprong, was je helemaal niet meer te zien. Dun, glad en wit als een jonge zalmforel in het voorjaar. Ik weet dat ik je dit helemaal niet moet vertellen, maar soms ga ik naar de kist met je spullen. Dan haal ik er een van je oude truien uit, houd hem tegen mijn gezicht en ruik eraan. Ik geloof dat de mensen met de jaren steeds vreemder worden. Ik heb al grijze haren, maar mijn achterste is tenminste nog enigszins stevig. De waard is me te dom en te onsmakelijk, maar sinds een paar dagen heeft een van de nieuwe toeristengidsen een oogje op me. Het is een vlotte vent met een snor en grote handen. We zullen zien wat ervan komt. Nu moet ik ophouden en naar de herberg. Een paar soldaten uit München hebben er hun intrek genomen, die maken veel lawaai en nog meer vuile was. Ik had je zo graag een blik met aardappelkoek gestuurd, maar met de post van tegenwoordig weet je het immers niet. Lieve, lieve jongen, je bent altijd in mijn gedachten!
Je moeder

Franz betastte met zijn vingertoppen het fijn geribbelde briefpapier. Een merkwaardig gevoel steeg als een dikke luchtbel in hem op, borrelde langs zijn wervelkolom en gleed via zijn nek zijn achterhoofd in, waar het nog een tijdje week en aangenaam rondflabberde. *Je moeder* had ze geschreven en niet *Je mama* zoals op de ansichtkaarten of zoals vroeger altijd als ze op de keukentafel een neergekriebeld bericht had achtergelaten. Kinderen hebben mama's, mannen hebben moeders. Hij vouwde de brief op en stak zijn neus erin. Hij rook naar muf ruikende vlonderplanken en droog zomerriet, naar aangebrande stukjes rundvlees, gesmolten geklaarde boter en het met meel bestoven keukenschort van zijn moeder.

Die nacht droomde Franz van zijn overleden vader, een bosarbeider uit Bad Goisern, die hij nooit had leren kennen omdat hij luttele dagen voor zijn geboorte werd gedood door een vermolmde zomereik, en die volgens zeggen als levende nauwelijks meer had gezegd dan als dode. In de droom liepen ze langs een weg tussen stille velden door. Franz was nog klein en had stof in zijn haar. Hoog boven hen stond de zon te gloeien en zijn vader versmolt met zijn eigen schaduw. Ze kwamen bij het grote postkantoor en gingen de entreehal in, die glansde van het marmer. In het midden zat een dikke man de onderlegger van zijn bureau in razend tempo vol te stempelen. Al snel stond er een hele rij mensen voor hem, die allemaal een stempel wilden, maar de dikke man luisterde niet naar hun bidden en smeken. Steeds maar weer liet hij de stempel op de onderlegger neersuizen. De klappen schalden als kanonschoten door de hal, terwijl een gouden hoorn luid en schallend grootse tijden aankondigde. Vader pakte Franz' hand en probeerde door de rij mensen heen te dringen. Hij was bang, zijn hand was droog en ruw als een stuk hout. Pardon zei hij elke keer weer, meer tegen zichzelf dan tegen de mensen, pardon, pardon, pardon. Precies! zei de postbeambte triomfantelijk en sloeg de stempel tegen vaders voorhoofd: TOEKOMST stond erop, en tussen de letters liep het bloed in dunne sporen naar beneden. Franz werd met zweet overdekt en met een merkwaardig trillen achter zijn hart wakker. Nog terwijl hij half verdoofd uit zijn slaap kolkte, schreef hij zijn droom op een blaadje papier.

Een wandeling met mijn vader, de zon brandt
en we gaan het grote postkantoor in, waar een dikke man
zit te stempelen, mijn vader dringt voor en verontschuldigt zich
ervoor, de gouden hoorn schettert en de dikke man stempelt
TOEKOMST *en tegelijk een huidwond*
op mijn vaders voorhoofd.

De hele ochtend had hij het blaadje voor zich op de toonbank liggen en hij moest zijn best doen er niet steeds naar te staren. Die dikke man was ergens toch armzalig, dacht hij bij zichzelf, ondanks zijn over het geheel genomen imposante verschijning. Armzalig en ook een beetje eenzaam in zijn arrogante grootsheid, en dan ook nog gevangen in de droom van een hem volkomen onbekende sigarenleerjongen. Je zou in de hoofden van mensen moeten kunnen kijken, dacht hij, maar alleen tijdens hun slaap.

Overdag wilde je eigenlijk helemaal niet weten wat er in de mensen omgaat, bovendien was er van een dergelijke doorsnee-hoofdinhoud toch al niet overmatig veel te verwachten. Maar 's nachts, dacht hij verder, in de stille donkere uren, zou het er al anders uitzien. Dan zou de voorzichtigheid die ieder eigen is, niet langer in de weg staan, en alle angsten, begeertes en hersenspinsels konden ongeremd door het brein spoken. Franz zou graag met iemand over zijn dromen praten, het liefst met Anezka, desnoods met de professor of Otto Trsnjek of tenminste met een of andere klant. Maar tot na twaalven kwamen er maar twee mensen het sigarenzaakje binnen, mevrouw Veithammer, die de nieuwe *Illustrierte Wochenpost* kwam halen en daarbij meteen maar klaagde over haar onlangs gestorven echtgenoot, die zelfs in zijn graf niets zinnigs voor elkaar kreeg, want boven op hem begonnen de bloemen al te verwelken voordat ze ook maar echt hadden gebloeid, en een klein meisje dat een HB-potlood wilde en de groschen met haar kleine vingertjes één voor één in Franz' hand uittelde. Van beiden was natuurlijk met betrekking tot droominhouden niets verhelderends of iets anders bruikbaars te verwachten. Maar misschien, dacht Franz, komt het er helemaal niet op aan met elkaar te praten over dromen en de mogelijke zin en waarschijnlijke onzin ervan, misschien gaat het er louter en alleen om dromen zonder enige verwachting mee te delen en ze bijna zoals in de bioscoop gewoon vanuit je hoofd op het lege witte doek van de buitenwereld te projecteren en daarmee iets wakker te maken in een toevallig langslopende of doelbewust naderende kijker, met een beetje geluk ook nog iets wat van belang was, wat zinvol was of degelijk. Hij ademde hoorbaar uit en liet zich achterovervallen in de stoel. Het putte hem uit in dergelijke vreemde en duistere gedachtegangen rond te tasten. Door de etalage viel zijn blik op de rij huizen aan de overkant. Een van de ramen was bijna helemaal met groene planten dichtgegroeid, in de schemer erachter zag hij een man in wit onderhemd heen en weer lopen. Franz zuchtte. Hij moest denken aan het bos, aan het rustgevende ruisen van de bomen en het vogelgekwetter dat ondanks zijn lawaaierige alomtegenwoordigheid de rust in het bos nooit leek te verstoren. Op de winkelruit zat op ooghoogte een kwak groenige vogelschijt. Stadsvogels kwetteren niet, maar schreeuwen, dacht hij ontstemd. Bovendien schijten ze op je hoed en tegen de winkelruit en gaan in een hoek van de zolder liggen om te sterven, waar ze alleen hun stoffige geraamte achterlaten, een paar veren en wat stank. Hij zuchtte nog eens, nog dieper zelfs dan de eerste keer, en bijna tegelijk met de zucht kwam er een idee bij hem op: hij pakte plakband uit de la, greep het blaadje met zijn droom, schreef de datum in de rechterbovenhoek, liep ermee naar buiten en plakte het over de kwak schijt op de etalage. Hij stapte achteruit en bekeek het droomplakkaatje. Toen sloot hij zijn ogen en ademde diep de Weense voorjaarslucht in. Heel eventjes flakkerde het woord TOEKOMST roze en fel als een lichtreclame in het Prater achter zijn oogleden op. Maar achter hem op straat knetterde een met ijsblokken beladen bestelwagen van de Vereinigte Wiener Eisfabriken langs en hij liep de winkel weer in.

De eerste mensen die de op de etalage van Tabak Trsnjek geplakte rariteit bekeken, waren drie gepensioneerde vrouwen, die hun gegroefde, als uit wortelhout gesneden gezichten zo ver mogelijk naar het blaadje uitstrekten. Franz, die roerloos in de schaduw achter de toonbank zat, zag hoe ze hun ogen dichtknepen tot ze bijna in de nesten rimpels verdwenen waren, en hoe ze hun verlepte lippen geluidloos in koor bewogen om de woorden te ontcijferen. Geen van de drie leek er ook maar het geringste van te begrijpen. Een tijdje bleven ze met hun open, tandeloze monden staan, toen trippelden ze weg. Daarna bleven er twee meisjes in lichte jassen voor de etalage staan. Nadat ze het blaadje hadden gelezen, legden ze hun handen als dakjes boven hun ogen, leunden tegen het glas en keken de winkel in. Toen ze Franz zagen, renden ze giechelend weg. Nog terwijl hij de vlek van hun adem op de ruit zag verdwijnen, kwam de volgende voorbijganger er al aan, een arbeider met een met olie besmeurd gezicht en een scheef sjekkie in zijn mondhoek. Met gefronst voorhoofd las hij vluchtig de woorden, dacht even na, kwam toen het sigarenzaakje in en posteerde zich voor de toonbank. Wat dat dan te betekenen had, wilde hij weten, dat rare geklad op het blaadje buiten.

Helemaal niets, zei Franz, tenminste niets bijzonders.

Dat kon hij zich niet zo goed voorstellen, zei de arbeider, omdat je een volkomen onbetekenend krabbeltje niet zomaar op de winkelruit plakt, alleen maar omdat je melig bent of verveeld of allebei.

Dat kan wel zo zijn, zei Franz, maar wat voor de een betekenisvol is, kan voor de ander misschien vrij oninteressant en zelfs overbodig zijn.

De arbeider staarde naar de neuzen van zijn schoen en liet zijn sjekkie langzaam naar de andere mondhoek verhuizen. Zag de jonge sigarenboer hem misschien voor een sukkel aan, vroeg hij zachtjes, iemand die zelf niet kon besluiten wat voor hem overbodig of betekenisvol was?

Dat was natuurlijk helemaal niet zo bedoeld, antwoordde Franz naar waarheid, de sukkels zaten vandaag de dag ergens anders.

Waar dan, wilde de arbeider weten.

Eigenlijk overal, zei Franz, alleen niet in dit sigarenzaakje hier.

De arbeider knikte. Daar kon de jonge meneer van het sigarenzaakje wel gelijk in hebben, zei hij, maar hij wilde nu voor de donder wel eens weten wat dat blaadje te betekenen had.

Een droom, zei Franz, niet meer dan een droom.

Van het sjekkie kwam een vlokje as los dat langzaam naar de vloerplanken dwarrelde.

Als dat alles was, zei de arbeider teleurgesteld, dan was

het inderdaad overbodig, tenminste wat hem persoonlijk aanging.

Precies wat hij al zei, antwoordde Franz, maar of het eventueel overbodig was moest eerst nog blijken. Want misschien, ging hij verder, misschien kon zo'n wildvreemd, op een etalage geplakt droomblaadje bij een toevallig voorbijlopende kijker ooit iets teweegbrengen of in gang zetten, dat wist je nooit.

Ja, zuchtte de arbeider vermoeid, dat wist je werkelijk nooit. Of hij dan nu eerst maar eens een pakje Orient-tabak, twee doosjes lucifers en het *Sport-Blatt* kon meenemen?

Maar vanzelfsprekend kon hij dat, zei Franz, daar was een sigarenzaakje uiteindelijk voor.

Vanaf dat moment plakte Franz elke dag een nieuw blaadje naast de deur. Iedere ochtend, nog voor de winkel openging, liep hij in pyjama en met warrig bedhaar de straat op en plakte een vers gedroomde droom op de nog koele winkelruit. En dat bleef niet onopgemerkt. De nieuwsgierigheid en de vergeetachtigheid van de mensen waren nog steeds sterker dan de angst, en het sigarenzaakje dat tot voor kort 'dartele bladen' aan Joden en communisten had verkocht, was nu opeens het sigarenzaakje met de eigenaardige verhaaltjes op de winkelruit. Wie langskwam en het blaadje ontdekte, bleef ook staan om het te lezen. De meesten staarden er kort en uitdrukkingsloos naar en liepen dan verder. Sommigen wonden zich zonder iets te zeggen op door een gezicht vol walging te trekken. Weer anderen schudden hun hoofd en riepen een paar beledigingen naar de winkeldeur. Toch kon Franz zo nu en dan zien hoe iemand bij het lezen een beetje peinzend begon te kijken en die kleine overpeinzing zwijgend bij zich stak. De mensen lazen bijvoorbeeld het volgende.

9 april 1938
Er wordt een lied gezongen, het gaat over de liefde,
maar de
melodie zwabbert maar wat, iemand lacht en springt
meteen
daarna van de Votiefkerk, maar de aarde is immers
zacht, en
de bloemen bloeien in alle kleuren, niemand heeft de
dode man gezien, en een kraanvogel trekt een kruis
over de hemel.

Of: 12 april 1938
Ik sta met mijn moeder aan het meer, er komt een
stoomschip op
ons af, ik ben bang, maar mijn moeder pakt mijn
hand: HET IS GOED, JE BENT IMMERS MIJN KIND,
maar het stoomschip vaart gewoon door, het meer wankelt,
mijn moeder is weg en het stoomschip davert mijn
hart binnen.

Of: 15 april 1938
In het Prater loopt een meisje, ze stapt in het reuzenrad, overal flitsen hakenkruizen, het meisje komt steeds hoger, plotseling breken de wortels en het reuzenrad rolt over de stad en walst alles plat, het meisje jubelt, en haar jurk is licht en wit als een wolkenflard.

Het blaadje met de wolkenflardenjurk werd in het bijzonder opmerkelijk gevonden door mevrouw dr. dr. Heinzl, die haar route weer van de andere naar deze kant van de straat had verplaatst. Lange tijd stond ze met gefronst voorhoofd voor de winkelruit en las het stukje een paar keer achter elkaar. Op de een of andere manier voelde ze zich misschien ergens aan herinnerd, onmogelijk te zeggen waaraan. Maar heel onaangenaam kan het niet zijn geweest, want toen ze ten slotte met ietwat gebogen hoofd in de richting van de Schwarzspanierstraße wegliep, lachte ze naar het straatplaveisel onder haar, een helder lachje, als een sieraad dat ze had laten vallen.

Een week nadat Otto Trsnjek was afgevoerd had Franz voor het eerst contact proberen op te nemen met de sigarenboer, beter gezegd er eerst maar eens achter proberen te komen waar hij zich eigenlijk bevond. Op de politiepost Alsergrund waren de aanwezige ambtenaren weliswaar vriendelijk, maar ze hadden in de eerste plaats geen tijd en in de tweede plaats andere dingen aan hun hoofd.

Op de politiepost 'Binnenstad' was de dienstdoende loketbeambte weliswaar een stuk minder vriendelijk, maar hij kon Franz toch tenminste doorverwijzen naar het voor zulke gevallen verantwoordelijke, pas onlangs geopende kantoor van de Geheime Staatspolitie. Dus ging Franz naar het Morzinplatz, waar de Gestapo zijn intrek had genomen in het voormalige Hotel Metropol, een pompeus gebouw met aan de ingang dikke marmeren zuilen, waarvoor nu drie hoge hakenkruisvlaggen in de zachte voorjaarslucht klapperden. Achter de ramen van de bovenste verdieping was zakelijke bedrijvigheid te zien, mannen in uniform of vrouwen in grijze mantelpakjes met stapels stukken in hun armen snelden heen en weer of bleven even staan, wisselden een paar woorden, knikten, glimlachten en salueerden. Zo nu en dan legde iemand zijn pet op de vensterbank, blies rook de lente in en liet zijn blik in de richting van de Kahlenberg zweven. Alleen de ramen van de onderste verdieping waren donker en blind, verborgen achter traliehekken en zware rolluiken van metaal.

Franz liep de entreehal in, waar hem meteen een portier in blauw uniform tegemoetkwam: 'Kan ik de jongeheer misschien ergens mee helpen?'

'Hopelijk!' zei Franz en hij luisterde even hoe zijn stem wegstierf in de wijde ruimte. 'Ik heet namelijk Franz Huchel en ik ben op zoek naar een onschuldige maar desalniettemin meegenomen of gearresteerde of gedeporteerde sigarenboer, genaamd Otto Trsnjek!'

'Onschuldig is in dit gebouw vooralsnog niemand,' zei de portier en hij vertrok zijn mond tot een vermoeide glimlach. 'Niemand zonder uniform tenminste. Heeft de jongeheer al een schriftelijk verzoek gedaan?'

Franz schudde zijn hoofd. 'Ik wilde eigenlijk helemaal niets indienen, maar alleen sigarenboer Otto Trsnjek meenemen naar waar hij hoort: in zijn sigarenzaakje!'

'Zonder verzoekschrift geen inlichtingen,' zei de portier.

Franz keek naar het plafond, waar een reusachtige, met ontelbare stukjes glas versierde kroonluchter hing. Even leek het of de kroonluchter was gaan bewegen en heel langzaam om zijn eigen as draaide. Hij liet zijn blik weer zakken. 'Dan kom ik nog wel terug!' zei hij.

'U bedoelt?' vroeg de portier.

'Dan kom ik wel terug. Morgen. Overmorgen. De dag daarna. En zo verder. Elke dag om dezelfde tijd, tussen de middag namelijk. En wel zo lang tot iemand me zegt waar Otto Trsnjek zich bevindt, hoe het met hem gaat en wanneer ik hem mee naar huis kan nemen!'

En dat deed Franz ook. Iedere dag stipt om twaalf uur 's middags sloot hij het sigarenzaakje, nam een omweggetje via de Berggasse (waar hij heimelijk hoopte de gebogen gestalte van de professor achter een van de gordijnen op de eerste verdieping te ontdekken), liep daarna over de Franz-Josefs-Kai naar het voormalige Hotel Metropol, marcheerde door de hoge entreehal, ging voor de portier staan en zei: 'Goedemiddag, ik wilde graag iets weten over de verblijfplaats van sigarenboer Otto Trsnjek!'

De eerste dagen had de portier nog moeite gedaan, had al zijn verambtelijkte vermogen tot geduld aangewend in een poging tot antwoorden en allerlei verteld over ambtelijke verzoekschriften, officiële aanvragen, voorgedrukte formulieren en reglementaire hiërarchische wegen. Maar omdat deze impertinente jongen op dat alles weliswaar aldoor vriendelijk knikte, maar er verder nogal koel onder bleef en, nadat hij ongeveer een kwartier koppig als een ezel had staan wachten, beleefd afscheid nam, alleen maar om er de volgende dag stipt om kwart over twaalf weer te staan en naar die sigarenboer te vragen, begon de gedurende vele dienstjaren moeizaam opgebouwde beroepsmatige bedaardheid van de portier af te brokkelen, tot ze het ten slotte begaf. En toen Franz op een zinderende maandagmiddag weer voor hem stond en zei: 'Goedemiddag, ik wilde graag iets weten over de verblijfplaats van sigarenboer Otto Trsnjek!' antwoordde de portier alleen met een nauw merkbaar schouderophalen. Toen greep hij de hoorn van de zwarte telefoon die achter hem aan de muur hing, draaide een tweecijferig nummer en mompelde een paar onverstaanbare woorden in de hoorn. Ongeveer tien zwijgzame seconden later vloog er naast de telefoon een deur met wandbekleding open en er kwam een man in een beigekleurig linnen pak uit. Hij leek te glimlachen toen hij op Franz afliep, maar bij nader inzien was het alleen een schaduw onder zijn lichtblonde, bijna witte snorretje. Een schaduwglimlach, dacht Franz nog, maar toen was de man al bij hem, trok zijn hoofd aan zijn haren naar achteren, draaide met een bliksemsnelle greep zijn arm op zijn rug en sleurde hem door de entreehal naar buiten.

Franz voelde het plaveisel onder zijn hielen en de hand van de man als een knellende lijmklem om zijn onderarm, hij zag de lichtbewolkte hemel boven zich en de drie hakenkruisvaandels. Toen volgde er een ruk, zijn arm was opeens los en het volgende ogenblik knalde hij met zijn gezicht tegen de grond. Hij tuimelde in een zwart gat en hoorde een vreemd geruis. Als een vochtig takje in de vuurgloed, dacht hij nog voordat hij wegzonk. Toen hij een paar seconden later weer opdook in het licht, zag hij recht voor zich de schoenen van de blonde man. Het waren glanzend gepoetste lage schoenen, gemaakt van zacht leer en met kostbaar stiksel. Geen barstje, geen vlekje, geen stofje, alleen maar fijn, glad, vlekkeloos leer. Franz tilde zijn hoofd op en keek in het gezicht van de man. Van hieruit, in het tegenlicht van de middaghemel, zag het snorretje eruit als glinsterende bast. Naast hem verscheen de blauwe pet van de portier.

'Het zal misschien beter zijn als de jongeheer hier niet meer komt. Anders zou het namelijk kunnen gebeuren...' Hij pauzeerde even, schraapte omstandig zijn keel en knipperde een paar onzichtbare korreltjes uit zijn ogen, 'het zou anders namelijk kunnen gebeuren dat hij langer in Hotel Metropol te gast is dan hem lief is. Heeft de jongeheer dat begrepen?' Franz knikte. De portier trok een sneeuwwitte zakdoek uit zijn borstzakje. Hij vouwde hem zorgvuldig open, hield hem als een zonnescherm tegen het licht en ging met de top van zijn ringvinger langs de fijn gestikte zoom en de keurig netjes gestreken vouwen. Toen bukte hij zich, duwde hem tussen Franz' vingers en zei: 'Veeg het bloed uit je gezicht, knul. En ga naar huis.'

Pas toen de mannen weer in het gebouw waren verdwenen, duwde Franz de zakdoek tegen zijn mond. Meteen raakte de stof doordrenkt van helder bloed. Zijn tong was gezwollen en lag heet en vreemd in zijn mondholte. Een van zijn snijtanden zat los. Franz pakte hem voorzichtig tussen zijn vingertoppen en trok. Met een rukje gaf hij mee. Het was een mooie, gave tand. Alleen de wortel was afgebroken met een scherpe rand en was bloederig. Hij zou hem in de la van zijn nachtkastje leggen, dacht Franz, naast de kaarten en de brief van zijn moeder en naast het lijfje van de uit de nacht gevallen vlinder.

Drie weken later, op de ochtend van 17 mei 1938, kondigde de zomer zich aan. Een aangenaam lauw briesje blies de koelte van de nacht uit de straten en over de Donau ver weg naar de vlakten van Schwechat. Overal in de stad gingen de ramen open, dekens en kussens werden uitgeschud en donsveren zweefden als witte bloesems door de lucht. In alle vroegte stonden de mannen van de ploegendiensten en de huisvrouwen in de rij voor de bakkers, waar het rook naar verse broodjes en koffie. De eerste trams knarsten traag hun remises uit en hier en daar dampten op het plaveisel de paardenvijgen van de melkhaflingers. Op de Naschmarkt hadden de kooplui hun waren allang uitgestald en bij de oude kraam van de nog oudere meneer Podgacék streden de eerste gepensioneerde vrouwen al om de grootste bloemkoolstronken en de meligste aardappels. Op de hoofdlaan van het Prater kwamen de gewichtheffers van de sportvereniging Straßenbahn bijeen voor de laatste openluchttraining vóór de grote wedstrijd tegen Germania. Lusteloos rekten en strekten ze hun ledematen en keken geeuwend over de kastanjebomen heen naar het reuzenrad, waarvan de gondels glansden in de morgenzon. In de kelder van het Gestapo-kantoor, in de voormalige wasserij van Hotel Metropol, moesten vijftien Joodse zakenlieden zich naakt uitkleden en met hun handen op hun hoofd wachten tot ze voor individueel verhoor werden opgehaald. In het midden waren hun kleren op een hoop gegooid, bekroond door een pet, geruit en verfomfaaid als de pet van een komisch acteur uit een Amerikaanse stomme film. Op spoor twee van het Weense Westbahnhof zaten vierhonderdtweeënvijftig politieke gevangenen opeengepropt in de laatste wagons van een extra trein en wachtten op vertrek naar Dachau. Op het ertegenover liggende perron zaten een oude vrouw en een jochie naast elkaar op een bank en namen om de beurt een hap van een grote boterham. Hoog boven hen duikelden een paar zwaluwen uit een schemerige hoek onder het stationsdak, schoten naar buiten en verdwenen in de richting van Hütteldorf. Toen het fluitsignaal voor vertrek schril opklonk en de trein zich in beweging zette, hupte het joch van de bank en holde wuivend en lachend over het perron. Op dat moment gebeurde er iets wonderlijks: alle gevangenen achter de raampjes wuifden terug. Het jochie rende tot aan het eind van het perron. Toen bleef hij staan en hield zijn hand boven zijn ogen. Nog van verre zag de trein, terwijl hij langzamerhand in het tegenlicht van de morgenzon verdween, eruit als een reusachtige wegkruipende worm met ontelbare, wuivende ledematen.

Ongeveer tegen die tijd hijgde postbode Heribert Pfründner met zijn loodzware brieventas de Berggasse op. Hij zweette erg, had buikpijn en nog steeds de smaak van de ontbijtkoffie van zijn vrouw in zijn mond: laf, flauw en ook een beetje bitter. Zoals het hele postbodebestaan, dacht Heribert Pfründner ontstemd, tenminste voor negen uur 's ochtends. Sinds de nazi's zich ook in het hoofdpostkantoor hadden genesteld, kregen de Weners hun brieven al voor dag en dauw, wat tot gevolg had dat Heribert Pfründner net als de andere collega's nog een uur vroeger uit de veren moest en de koffie nog laffer, flauwer en bitterder in zijn maag leek te klotsen dan in de laatste drieëndertig dienstjaren toch al het geval was geweest. En dat terwijl hij nu ook aan een meer of een vijver of tenminste aan een niet al te zeer door muggenzwermen verpeste poel in het Wienerwald kon zitten, zijn opgezwollen voeten in het water kon dompelen om nergens aan te hoeven denken, dacht hij, of tenminste aan de oever van de Donau kon liggen, een derde pul bier kon drinken en toezien hoe de tijd traag aan hem voorbij stroomde. Zoals steeds sinds een paar weken hingen er voor nummer 19 op de Berggasse twee mannen in burger rond, kromme gestalten met gele nicotinegezichten en beschaduwde ogen.

'Heilitler!' mompelde de postbode en frunnikte met zijn zweterige handen aan zijn sleutelbos om de poort open te doen en bij de brievenbussen te komen. Ook deze keer hielden ze hem tegen. Altijd hielden ze hem tegen. Altijd wilden ze weten wat er zich in zijn brieventas bevond. Altijd lieten ze hem vooral de aan professor Sigmund Freud geadresseerde brieven tevoorschijn halen, hielden de enveloppen tegen het licht, ontcijferden de afzenders en probeerden met hun gele nicotinevingers de inhoud te betasten. En altijd hielden ze er een of meer achter. Vandaag waren het er twee: een grote, zware envelop, met vlekkerige vulpen geadresseerd aan de 'Hooggeachte professor dr. Freud', en een lichtblauw briefje met beschadigde randen. Waarschijnlijk uit Engeland, dacht Heribert Pfründner, of in ieder geval uit een land met een streng en toch ergens goedmoedig kijkende koning op de postzegel. Hij maakte open, verdeelde de post snel over de brievenbussen en liep met een zwijgend knikje weg. De verdachte brieven waren allang verdwenen in de uitpuilende jaszakken van de mannen in burger. En wie weet, misschien hadden ze ook gelijk, overdacht Heribert Pfründner, tenslotte was die Freud ten eerste professor en ten tweede Jood en bij beiden kon je het zoals bekend nooit zeker weten. Vast stond wel dat hij de beste klant van de post was in het district, dienovereenkomstig was de tas na de bestelling op Berggasse 19 ook deze keer een groot deel van haar gewicht kwijt, wat de resterende dienstronde een stuk aangenamer en makkelijker af te handelen maakte. En toen postbode Heribert Pfründner ten slotte de Währingerstraße insloeg en in het heldere licht van de vroege ochtend voor zich de magere gestalte van de jonge sigarenboer Franz Huchel naar buiten zag komen, voelde hij in zijn kuiten al dat weldadig koele, vederlichte gevoel dat het naderende einde van de dienst aankondigde.

De hele nacht lang had Franz liggen wentelen door warrig droomgedruis, een razende chaos van woorden, klanken en beelden. Het wakker worden was een bevrijding en hoewel met het eerste wakker knipperen de herinnering al begon op te lossen als een nevelsliert in de ochtendschemering, spande hij zich in de hele chaos in ten minste een paar woorden op papier te zetten. Met een nog altijd wat wazige blik liep hij kort daarna het sigarenzaakje uit en plakte het blaadje op de winkelruit. Er flitste een korte pijn op in zijn mond. Al een paar dagen na zijn laatste bezoek aan de Gestapo was de zwelling in zijn tong en zijn kaak vrijwel verdwenen en hij was enigszins gewend geraakt aan het nieuwe gat in zijn mond.

Heimelijk had hij zelfs een zwak voor het gat in de rij tanden en terwijl hij er met de punt van zijn tong omheen speelde en de gladde wanden van de buurtanden en de weke, warme bodem van het langzaam helende tandvlees betastte, dacht hij aan Anezka, aan haar tanden, haar opening, haar roze tong.

'Heilitler! Mag ik?' Op zachte zolen was de postbode achter hem naderbij gekomen en boog zich nu, vaardig een zekere belangstelling veinzend, naar de etalage.

17 mei 1938
Een tram tinkelt door het bos, de hazen-
ogen zijn donkere druppels, in de bomen hangen
gondels en boven de wolken hurkt de witte angst,
er knaagt iets aan mijn wortels, had de vuurgloed
misschien geblust moeten worden?

'Aha,' zei de postbode en probeerde schuddend zijn lichte stijfheid kwijt te raken. 'Interessant. Vooral dat stuk met de haas!'

'Ja,' zei Franz. 'Hebt u post voor me?'

'Vanzelfsprekend,' knikte de postbode en hij haalde uit zijn ondertussen aangenaam slappe tas het laatste pakje van zijn dagtocht: een langwerpige, in bruin papier verpakte en keurig netjes dichtgeplakte doos. 'Alstublieft, vandaag zelfs een pakje van overheidswege!'

Franz nam het pakket in ontvangst en bedankte hem. Met een korte grom, die waarschijnlijk als vriendelijke welwillendheid was bedoeld, tikte de postbode aan zijn pet en begon lichtvoetig aan de laatste honderd meter van zijn route, in het kielzog van de vrolijk voor hem uit hollende gedachte aan het eerste biertje van die ochtend.

Franz nam het pakket mee naar binnen, legde het op de toonbank en bekeek het bij het licht van het lampje. Het was aan hem persoonlijk gericht. *Aan de heer Franz Huchel, bedrijfsleiding Tabak Trsnjek, Wenen 9, Währingerstraße.* De afzender was er in een ambtelijk blauw op gestempeld: **De inspecteur van de Sicherheitspolizei, Wenen 1, Morzinplatz 4**. Even voelde Franz hoe in zijn borstkas het woord 'bedrijfsleider' opbolde tot een aangenaam warm gevoel van trots, toen trok hij het papier los en maakte de doos open. Helemaal bovenop lag het begeleidend schrijven, eveneens met een blauw ambtelijk stempel, getypt met de machine en met een onduidelijke handtekening.

De inspecteur van de Sicherheitspolizei, Wenen 1, ...
***16 mei 1938**............ **L VII – 75 / 39 G**............*

Gelieve in het antwoord bovenstaand referentienummer en de datum te vermelden

Aan
de heer Franz Huchel
Bedrijfsleider van de

Tabak Trsnjek
Währingerstraße
Wenen 9

betreft: Retourzending persoonlijke (waardevolle) voorwerpen

bijlage: 1

Met betrekking tot bovenvermelde zaak nemen we de vrijheid u hiermee in kennis te stellen van het overlijden van de bij u bekende heer Otto Trsnjek, sigarenboer. De heer T. is in de nacht van 13 op 14 mei in het gebouw van de Gestapo-hoofdcentrale, Wenen 1, Morzinplatz 4, bezweken aan zijn niet nader te bepalen hartkwaal. De begrafenis door de stad Wenen vond plaats op 15 mei 1938 op de Weense Algemene Begraafplaats, groep 40, rij IV, 2.
De heer T. werd in april van dit jaar door de identificatiedienst geregistreerd en aangeklaagd wegens

verdenking van tegen de staat gerichte activiteiten,
overtreding van de openbare rust en orde,
overtreding van de vervalsingswet,
onrechtmatig bezit van officiële partijstempels.

Over inbeslagname en invordering van onroerendgoedvermogen en waardevermogen (indien voorhanden) wordt de komende weken besloten. Binnen deze termijn zijn alle rechten en aanspraken van derden op genoemd onroerendgoedvermogen en waardevermogen onrechtmatig. Voor deze periode wordt de heer Franz Huchel, geb. 7 augustus 1920 in Nußdorf am Attersee, per beslissing bij voorraad gemachtigd de voor de instandhouding van de handelsonderneming noodzakelijke voorzorgsmaatregelen te nemen en de voorlopige bedrijfsleiding van Tabak Trsnjek op zich te nemen. Te onzer ontlasting retourneren wij de beschikbare persoonlijke waardevolle bezittingen van de heer Trsnjek. Dit zijn:

1 sleutelbos
1 portemonnee (leeg)
1 foto (onbekende persoon)
1 wollen vest
1 schoen
1 broek (beschadigd)

afschrift — Dr. Kernsteiner, directeur
B/MA/G — was getekend...........

Franz legde het schrijven op de stapel tijdschriften voor de moderne vrouw en spreidde alles uit op de toonbank: de schoen in het midden, links daarvan het opgerolde wollen vest, de sleutelbos aan de bovenrand van de onderlegger, de portemonnee naast de inktpot en de foto midden in de lichtkegel van de bureaulamp. Het was een foto van Otto Trsnjek als jongeman in uniform, hij stond met zijn rug tegen een bakstenen muur geleund. Zijn linkerbeen was opgetrokken en tegen de muur gezet. Naast zijn schouder hing zijn pet, misschien aan een spijker of aan een slordig gemetselde baksteen. Hij zag er moe uit. Het leek alsof hij heel zijn lichaamsgewicht aan de muur wilde overdoen. Hij keek langs de camera heen de wijde verte in. De spullen op de toonbank zagen er mooi uit. Je zou ze moeten schilderen, of de fotograaf van de ponycarrousel moeten inhuren om er een foto van te maken. Een mini-sigarenboeren-stilleven. Hij pakte de keurig netjes opgevouwen broek, schudde hem met gestrekte armen los, hield hem tegen de winkelruit en liet het eindje van de afgeknipte pijp in het tegenlicht bungelen. Het weefsel was dun en tot op de draad versleten. Als de sigarenboer de broek nog een tijdje had gedragen, had zijn knie algauw als door een fragiel betralied raampje naar buiten kunnen kijken. Franz legde hem terug op de toonbank, sloot de winkel en liep naar zijn hokje. Hij trok de deur achter zich dicht en staarde een tijdje in het donker. Opeens knikten zijn knieën en zakte hij naast zijn bed op de grond. En daar bleef hij liggen en hij huilde tot hij geen tranen meer had.

Kort voor sluitingstijd stond hij op en liep weer naar voren. Hij vouwde Otto Trsnjeks broek op en liep ermee naar slagerij Roßhuber. De meester-slager en zijn vrouw stonden achter de toonbank en duwden zware stukken vlees en vet door een gehaktmolen. Mevrouw Roßhuber stopte de donkerrode, gele en blauwige brokken er aan de ene kant in, terwijl haar man aan de andere kant de trage golf roze wurmen in ontvangst nam, er ballen van maakte, die in ingevet papier wikkelde en de vuistgrote pakjes een voor een met een pats op een blikken plaat wierp. Toen de deur openging en de sigarenjongen van hiernaast binnenkwam, keken ze niet eens op, maar bogen zich alleen nog maar gewetensvoller over de machine. Maar toen Franz het klapdeurtje naast de koelkast openduwde en zomaar zonder te groeten, zonder te vragen, zonder een woord te zeggen bij hen achter de toonbank kwam staan, schrokken ze, kwamen overeind, deden een stap naar achteren en sloegen hun bloederige onderarmen boven hun bloederige voorschoten over elkaar.

'Wat moet je?' vroeg de meester-slager en hij keek naar de vloertegels, waar het bloed en het ijswater in wonderlijke strepen samenvloeiden. Franz legde de broek naast de vettige pakjes op het blik en zei: 'Die is van Otto Trsnjek geweest. Nu is hij dood.'

Roßhuber werd bleek. Als marmer, dacht Franz, als een van die marmeren heiligen die in kerken staan en de mensen met hun koude stenen ogen aankijken, groot, bleek en stijf. De slager opende zijn kindermondje. Zijn tanden waren smal en geel, het tandvlees roze als de wormen vlees die achter hem nog steeds uit de machine kropen. 'En wat hebben wij daarmee te maken?' vroeg hij.

'Jullie hebben zijn winkel beklad,' zei Franz. 'Jullie hebben hem uitgescholden. Jullie hebben hem verraden. En jullie hebben hem doodgeslagen!' De meester-slager hief zijn zware hoofd op en staarde zwijgend naar Franz' voorhoofd.

'Zeg toch eens wat!' zei zijn vrouw en ze veegde nerveus een paar stukjes gehakt van haar armen. Roßhuber haalde zijn schouders op, liet ze weer zakken, snoof, trok zijn voorschoot recht, keek star voor zich uit, snoof nog eens en zweeg.

'Misschien heeft hij wel niets meer te zeggen.' Franz kwam een stap dichterbij en keek de meester-slager aan. Over de marmeren wangen vlogen rozerode vlekken, als laatste wolkenflarden na een avond onweer. In zijn mondhoek hing een flonkerend speekselbelletje. Franz tilde zijn handen omhoog en bekeek de gladde huid op de rug van zijn hand. 'Mijn moeder heeft altijd gezegd dat ik heel zachte handen heb. Zacht, wit en week, als van een meisje. Dat wilde ik nooit horen, maar intussen geloof ik dat ze gelijk heeft…' Hij liet zijn handen weer zakken. Toen haalde hij uit met de rechter en sloeg de meester-slager kletsend in het gezicht.

Roßhuber bewoog niet. Hij bewoog niet en hij gaf geen kik. Hij stond daar maar en keek star door Franz heen, zwaar, stom en roerloos. Het belletje in zijn mondhoek was geknapt. Zijn wangen waren een beetje rood geworden en onder zijn jukbeen waren twee smalle afdrukken te zien.

'Eduard!' Met een van afschuw vertrokken gezicht doorbrak zijn vrouw de koele stilte in de winkel. 'Eduard, doe toch eens wat!'

Maar de meester-slager deed niets. Pas lang nadat Franz de broek van Otto Trsnjek onder zijn arm had gestoken en de slagerij had verlaten, bewoog hij zich weer. Heel langzaam tilde hij zijn handen op en begroef zijn gezicht met een langgerekt, gedempt kreunen in zijn handpalmen.

Beste mama,
Ik had je graag weer een kaart gestuurd (er zijn een paar nieuwe kaarten, bijzonder indrukwekkend, met de Karelskerk, geraniums, de Gloriette enzovoort). Maar sommige woorden gaan niet samen met plaatjes, ze hebben een envelop nodig. Omdat ik het niet beter kan zeggen, zeg ik het maar zoals het is: gisteren is Otto Trsnjek gestorven. Zijn hart is gewoon stil blijven staan. Misschien wilde het niet meer mee, met het hele leven, de tijd en al het andere. Gemerkt heeft hij waarschijnlijk helemaal niets. Heel vredig is hij ingeslapen. En wel in Burgenland, waar hij vandaan komt. Alsjeblieft, beste mama, niet verdrietig zijn. Of wees wel verdrietig. Otto Trsnjek heeft het namelijk verdiend. Maar dat weet jij toch beter dan ik. Ik blijf voorlopig hier. Want wat moet ik anders doen? Bovendien moet iemand de winkel blijven leiden. Dat moet beslist doorgaan. En er is ook werkelijk genoeg te doen. Alles om me heen is op

de een of andere manier aan het borrelen, lijkt het wel. Hopelijk borrelt het niet over. Wat blijft is het meer. De bergen en de wolken zullen er zich langer in spiegelen dan die armetierige hakenkruisstangetjes, neem dat maar van me aan! Beste mama, hiermee eindig ik deze verdrietige brief en ik omhels je van ganser harte,
Je Franz

De stilte en de wijdte, dacht Franz, terwijl hij op de Kahlenberg in de buurt van de Stefaniewarte op een door de bliksem getroffen zwarte boomstam zat en uitkeek over Wenen, de stilte en de wijdte, het heldere en het diepe, het heiige en het verscholene, de zon, de regen, de stad, het meer, de berg. Terwijl deze Kahlenberg nou juist geen berg was, dacht hij verder, tenminste geen serieus te nemen berg, zoals de Schafberg bijvoorbeeld, of de Hochleckenkogel of zelfs het Höllengebirge. In Salzkammergut zou de Kahlenberg hoogstens doorgaan voor een heuvel, dacht hij, en misschien dat niet eens. Eerder voor een onbelangrijke helling, of een glooiing, of gewoon alleen een hoop aarde met vrij spaarzame boomgroei. Maar daarover denken de Weners anders, dacht hij verder, voor de Weners is de Kahlenberg niet alleen een echte berg, maar ook nog de mooiste, de hoogste en vooral de op zon- en feestdagen door de natuurminnende bevolking meest onder de voet gelopen berg van de hele omgeving. Maar nu, in de vroege avond op een doodnormale weekdag, was er geen mens te zien. Niemand strompelde door het kreupelhout rond op zoek naar rust of cantharellen, niemand schreeuwde achter zijn teckels, zijn kinderen of zijn eigen goede humeur aan, en niemand spreidde een wollen deken uit om te genieten van een verlaat vesperbrood met het daarbij behorende warme bier. Franz was alleen. En ook al was de Kahlenberg alleen maar de door Onze-Lieve-Heer verprutste nabootsing van een echte berg, toch was het hierboven op de een of andere manier mooi. Je kon stil bij jezelf zitten denken, het rook er naar zon en bos, en het anders altijd aanwezige stadsgedruis drong hierboven alleen als een vaag vermoeden door. Na zijn korte bezoek aan de slagerij was hij naar het sigarenzaakje teruggegaan. Hij had aan zijn moeder de tweede brief van zijn leven geschreven, had vervolgens de spullen van de sigarenhandelaar met uitzondering van de broek netjes in een grote kartonnen sigarettendoos gepakt, er een blaadje met het opschrift OTTO TRSNJEKS LAATSTE DINGEN op geplakt en ze onder de toonbank opgeborgen. Hij had de klanten bediend, een leverantie van schoolschriften (veertig bladzijden, twintig bladzijden, ongelinieerd, gelinieerd, geruit, met of zonder kantlijn) in ontvangst genomen en de eersteklas sigaren in hun kistjes omgekeerd om ze tegen vocht te beschermen. Vooral had hij sinds lang weer eens de krant gelezen, weliswaar niet alle bladen, dan toch ten minste de meeste, en was het niet van voor tot achter, dan toch voor het grootste deel. Stipt om zes uur was hij ten slotte aan de kas begonnen. Maar al toen hij het dopje van Otto Trsnjeks vulpen afschroefde, was het hem op de een of andere manier vreemd te moede en toen hij de eerste getallen in de boekhouding neerkraste, overviel hem een nooit gekend, pijnlijk verlangen, en zijn hand begon zo hevig te trillen, dat er achter elkaar drie dikke inktdruppels van de penpunt af drupten en drie stekelige zwartblauwe vlekken maakten, precies in het midden van de saldokolom. Franz wilde eruit, naar buiten, de frisse lucht in, het bos in, de berg op, zelfs als de berg alleen maar een hoop aarde was aan de Weense stadsrand. Hij schroefde de dop weer op de vulpen, nam niet eens de moeite om de inktvlekken met een sponsje weg te tippen, sloot de winkel en haastte zich tegen de kruidige wind in naar de Kahlenberg.

De boomstam waarop hij zat, was nog steeds warm van de zon en rook aangenaam vermolmd. Op één plek scharrelden rode kevertjes door elkaar, kropen onder een rottend stuk boomschors weg, kwamen weer tevoorschijn, verdwenen weer. Wie niets weet, heeft geen zorgen, dacht Franz, en terwijl het al lastig genoeg is om je moeizaam kennis eigen te maken, is het nog veel lastiger, als het niet praktisch onmogelijk is, om wat je eenmaal weet, weer te vergeten. Hij liet een van de kevertjes op zijn wijsvinger kruipen. Meteen begon het als een wilde om Franz' vingertopje rond te rennen. Behoedzaam zette hij het terug op het stuk schors en keek hoe het in het gekrioel verdween. De ruggen van de kevertjes zagen eruit als ridderschildjes, hun pootjes als minieme, stuiptrekkende letters, die steeds nieuwe woorden, zinnen, verhalen vormden terwijl ze daar zo over de sappige grond van de Kahlenberg kropen. Hij moest aan de kranten denken, aan de koppen. Zoveel opwinding, zoveel gedrukt geschreeuw. En toch was alles in orde, schenen ze te zeggen, in feite liep alles voortreffelijk, schitterend, uitstekend, fantastisch bijna! Natuurlijk werd er juist nu geschiedenis geschreven – maar wanneer werd dat niet? Omwentelingen vonden plaats, maar waren die niet ook nodig? Staatsvijandig vermogen van communisten en dwarsdrijvers werd in beslag genomen – maar was dat niet alleen maar rechtvaardig? Joodse bezittingen werden verbeurd verklaard, Joodse zaken gesloten en door brave burgers en burgeressen voortgezet – maar waren dat niet gewoon maatregelen die allang hadden moet plaatsvinden om de openbare veiligheid en orde in stand te houden in onze gemoedelijke Weense stad? In onze verdraagzame, door God geliefde Oostenrijkse staat? Het schiet immers op! Er is immers iets aan de hand! Er komt immers alom iets op gang! Opening van de tentoonstelling *Entartete Kunst* in het Kunstenaarshuis! Choquerend! De Führer in Italië! De Führer in München! De Führer in Salzburg! De Führer overal! Ongelooflijk! Mussolini houdt een redevoering! Goebbels spreekt in Düsseldorf! Geweldig! Joodse oorlogsverklaring aan Engeland! De prijsvraag van de staatsspoorwegschutters vindt plaats in Wenen-Kagran! Een communist maakt zich van kant! En nog een! En nog een! Maar hadden ze dat ook niet een klein beetje verdiend, geachte lezers en lezeressen? Vandaag grote bloemenshow in Favoriten! Gratis entree voor kinderen en oorlogsinvaliden! Waar zie je zoiets nog! Het Prater zal van overheidswege van buitenlands gespuis worden gezuiverd! Vandaag gratis bier voor iedereen! Morgen grote vliegshow! Komt allen! Kom het eens bekijken! Breng uw gezin mee! Hebt u vandaag al gelachen? Onze foto toont de Führer bij de bezichtiging van de onoverwinnelijke bunkers! Het weer in de Ostmark: winderig en licht bewolkt! Vandaag in het theater: *Lisa, benimm dich!* (komedie)! Morgen in de bios: *Die kluge Schwiegermutter* (komedie)! De wereld draait door! Alles is goed! In de bioscoop werd een kind geboren! Lang zal het leven! De Gestapo viert zijn jubileum! Binnenkort is het Moederdag! Binnenkort is het Kerstmis! Wenen, Wenen, jij alleen bent al mijn dromen in één!

Franz keek uit over de stad. De zon stond laag, de daken glansden, hier en daar flitste een verdwaalde zonnestraal op, en de Donau kronkelde zilverig tussen de huizen door om tussen de verre donkere beemden te verdwijnen. Daar ergens moest het sigarenzaakje liggen. Ernaast de Votiefkerk. Het Morzinplatz. De opera. Het Prater met het reuzenrad. Het reuzenrad, dat zijn schaduw wierp over de voorstelling die zo meteen zou beginnen. Ieder moment kon de hagedissenman de deuren sluiten. Het littekenmeisje zou de van biertjes en borrels vochtige toonbank nog eens afvegen en dan de schijnwerpers aanknippen. Monsieur de Caballé zou het podium opkomen. De moppen. Hitler. De hond. De wonderbaarlijke grammofoon. N'tschina, het verlegen meisje uit indianenland. Alles als altijd, alles als anders. Hij sloot zijn ogen. Wat moest je nog denken op zo'n dag, in zulke tijden, alleen op een berg die helemaal geen berg was, met een paar rode kevers en een gek geworden stad aan je voeten? Alles was denkbaar. Alles was mogelijk. Wie het gespuis van de straatstenen veegt en de Joodse ratten uit hun gaten blaast, wie hakenkruizen in de oever van het meer poot en een stoomboot 'Heimkehr' noemt, wie sigarenboeren doodslaat en moeders op onopgemaakte bedden gooit, wie overdag op het Heldenplatz een legioen handen naar de hemel strekt en 's avonds brullend door de stegen rent, die zou ook ooit het reuzenrad uit zijn hengsels tillen of een kleine groene grot de aardbodem in stampen.

Opeens voelde Franz pijn in zijn linkerhand, een branderig gevoel in zijn vingertoppen, kootjes, kanten en knokkels. Kleine brandhaardjes, die zich snel vermenigvuldigden, zich over zijn pols, zijn onderarm, zijn bovenarm, zijn schouder vertakten tot dunne lijntjes gloed. Honderden fijnpuntige, helder brandende vulpennamen. Anezka, dacht Franz, Anezka. En toen begon hij te rennen. Vertwijfeld stormde hij de helling af. De bodem onder zijn voeten was week en vochtig, de stukken rots waren met donker mos begroeid, en boven hem ruisten de boomkruinen. Hij rende zo hard hij kon en zijn eigen adem hoorde hij als het hijgen van een vreemde. En een moment lang wist hij niet meer of de twijgen die in zijn gezicht, tegen zijn borst en langs zijn armen sloegen, werkelijkheid waren of dat hij zich in zijn eigen droom bevond, wist hij niet meer of hij klaarwakker of dromend de steile hellingen van de Kahlenberg af vloog.

De voorstelling liep al op haar eind, toen Franz een uur later ademloos en met de aarde aan zijn schoenen gekleefd de grot in kwam. De hagedis stak zijn kopje naar hem toe, schold hem de helft van het entreegeld kwijt en deed de deur met de wandbekleding open. N'tschina was klaarblijkelijk al klaar met dansen en had het podium verlaten. In de afgestompte bierogen van de mannen glom nog steeds de vonk die ze daarin had ontstoken. In het licht van de schijnwerper stond een gezette, kalende man. Hij droeg een citroengeel pak, zwaaide zijn armen door de lucht en sprak met hese falsetstem tot het publiek. Achter de toonbank stond het littekenmeisje. Haar gezicht flakkerde in het kaarslicht, het litteken op haar wang was als het ware getekend, scherp en donker. Ze begroette Franz met een kort knikje. Aan een tafel op de achtergrond zaten drie mannen in zwart uniform. Een van hen, een vrij jonge man met weke gelaatstrekken en een fletse huid, droeg om zijn heupen een ketting die uit een rij zilverachtige doodskopjes bestond en waaraan een dolk hing. De conferencier op het podium vertelde een mop. Wat je tegenwoordig wel mocht verwachten van een Joods wijf op het gebied van de huishouding, wilde hij weten. Iemand brulde hem het antwoord toe, iedereen lachte en klapte en de citroengele man trok een verbaasd gezicht. Franz liep in een boog om het podium heen en verdween door de deur erachter. Aan het einde van een duistere gang zag hij een tweede deur. Er schemerde een lichtstreep onderdoor en de hengsels kraakten zachtjes toen hij hem openduwde. Het kamertje was piepklein en helverlicht, er hing een geur van zweet en schmink in de lucht. Aan een wandtafel zat Anezka voor een met bonte lampjes omrande spiegel. Ze droeg nog steeds haar kostuum, de veer in haar haar trilde toen Franz binnenkwam. 'Ach, knul!' zei ze met een glimlach en veegde met een sponsje de oorlogskleuren van haar wangen.

'Anezka,' zei Franz, en de naam deed merkwaardig vreemd aan, alsof hij nooit eerder was uitgesproken. 'Waar is Heinzi?'

Ze haalde haar schouders op. 'Weg. Meegenomen door Gestapo.'

'Waarom?'

'Voor moppen. En andere dingen.'

Franz staarde naar haar spiegelbeeld. Op één plek was er een stuk uit het glas. Het zag eruit alsof ze een donkere kerf op haar voorhoofd had.

'Heb je al een pakket gekregen?' vroeg hij zacht.

'Wat voor pakket?'

Hij slikte. 'Weet niet. Helemaal geen. Misschien ook flauwekul...' Intussen had ze alle kleur afgeveegd en begon met haar wijsvingertop witte crème over voorhoofd en wangen te verdelen. Het wit gaf haar gezicht iets van een masker. Franz moest aan het dodenmasker denken dat in de kapel van Nußdorf achter het altaar hing. Het was het gezicht van een of andere dorpsheilige, wiens naam en afkomst door de jaren verloren waren gegaan, en ook de redenen voor zijn vermeende heiligverklaring, en die al naar gelang gezichtspunt of lichtinval afwisselend vriendelijk of geslepen de kerkruimte in keek en de kinderen tijdens de zondagsmis bang maakte. Eigenlijk mocht niemand hem, maar tot nu toe had nog geen pastoor het aangedurfd hem van de haak te halen en in de kerkkelder op te bergen in de kist met de oude, door de tijd aangevreten gebedenboeken, tenslotte wist je het toch nooit helemaal, en zeker is zeker, want Gods wegen zijn ondoorgrondelijk.

Anezka had de crème intussen ingewreven. Ze trok een paar haarspelden los, haalde met een snelle beweging de pruik van haar hoofd en hing die aan een haak naast de spiegel. Ze borstelde het haar van haar voorhoofd en keek Franz met een glanzend, roze gezicht aan.

'Waar is tand heen gegaan?' vroeg ze.

'Weet niet,' zei Franz en hij voelde met de punt van zijn tong aan het gladde tandvlees in de opening. Anezka legde de borstel weg, stond op en ging vlak bij hem staan. Hij kon haar schmink ruiken, het kolenstof aan haar wimpers, haar huid, haar zweet, haar adem.

'Hebt mooie gat in mond!' zei ze en ze lachte. 'Ziet nu uit als ik!'

'Ja,' zei Franz en hij slikte. Opeens voelde hij hoe een kleine duizeling bezit van hem nam. Misschien was het de bedompte lucht in de grot. Misschien had hij te hard gerend. Hij deed een stap naar voren en twee naar rechts en staarde eventjes naar de muur. Gek, dacht hij, dat je in zo'n kleine ruimte de weg kwijt kunt raken. De muur was grof bepleisterd en vlekkerig. Ergens zat een haak, waaraan een uitgerafelde draad hing, die zachtjes bewoog. Franz voelde zijn hart, een luid, warm kloppen in zijn borst. Ergens op de helling van de Kahlenberg of in de steegjes van de Weense buitenwijken moest hij het hebben afgeschud en pas nu had het hem weer ingehaald. De draad hield op met bewegen. De duizeling was voorbij. Franz draaide zich om, liep de twee passen naar Anezka terug, legde een hand op haar wang en begon te praten, haastig en zonder na te denken: 'Anezka, ik begrijp het zelf immers niet, iedereen is gek geworden, de mensen gooien zich van de daken, Otto Trsnjek hebben ze van kant gemaakt, en wie weet wat er nu op dit moment met Heinzi gebeurt, de Joden knielen op de stoepen en poetsen het plaveisel, daarna komen de Hongaren of de Burgenlanders aan de beurt, of de Bohemers, of weet ik veel, wie het hakenkruis niet in zijn hart laat branden, is erbij, wie zijn arm niet ten hemel strekt, kan wel in Hotel Metropol boeken, een kamer zonder terugkeer, in Wenen is het uit met de pret, en in het Prater waart de zwarte pest rond, heb je het niet gezien, die zitten ginder al en zuipen bier en wachten tot ze de volgende sigarenboer of

Jood of moppentapper in het vuur kunnen gooien, Anezka, ik weet niet of je mij nog wilt, en ik weet niet of ik jou nog wil, dat maakt nu ook niet meer uit, daarbuiten zit de SS en rinkelt met haar sporen, maar misschien kunnen we weggaan, wij samen, bedoel ik, ergens naartoe waar het rustig is, naar Bohemen voor mijn part, achter de donkere heuvel, of naar Salzkammergut, mijn moeder heeft er beslist niets tegen, ik zou daar een sigarenzaakje kunnen beginnen, en we zouden kunnen trouwen, gewoon, omdat het Onze-Lieve-Heer toch niets uitmaakt, en dan zou jij een...'

Op dat moment ging de deur open en de fletse jongeman kwam binnen. Hij had zijn pet onder zijn arm gestoken en keek geïnteresseerd om zich heen. Aan zijn dolkketting tinkelden de doodskopjes. Franz voelde zijn nekspieren zich spannen. Zo, dacht hij, zo meteen gaat de deur nog eens open en komen er nog meer zwarte uniformen binnendenderen. Of zwijgend naar binnen sluipen als grote zwarte vogels. Het liefst was hij gewoon de kleedkamer en de grot uit gerend, de hele weg terug, de Kahlenberg op, aan de andere kant meteen weer naar beneden, en steeds verder de Donau langs, tot aan haar bron, en dan nog verder. Maar dat ging nu niet meer. Hier stond hij. Hier stond Anezka. En dat was alles. Hij ademde diep uit en toen diep in, stapte naar voren, kruiste zijn armen voor zijn borst en zei: 'Waarde heer, ik zou u graag in alle hoffelijkheid mee willen delen dat het mij eerlijk gezegd volkomen onverschillig laat of u een zwart uniform aanhebt of een blauw of een geel, en of u doodskoppen of kiezelstenen of vunzige gedachten rond uw buik hebt hangen. Maar mij is dit Boheemse meisje hier helemaal niet onverschillig. Ze is namelijk kunstenares en heeft verder niemand iets gedaan. Behalve dan dat ze me heeft gekust, beter gezegd heeft gewekt en daarom onder mijn hoogstpersoonlijke bescherming staat. Vandaar dat ik u, waarde heer, graag dringend en oprecht wil verzoeken ons toch met rust te laten. En als het niet anders kan en u met alle geweld voor uw Sturmführer of Bannführer of Sturmbannführer of wat voor Führer zo nodig iets van uw werk mee moet nemen, neem dan in godsnaam mij maar mee!'

De jongeman knipperde met zijn ogen. Zijn wimpers waren lang en licht gewelfd, zijn voorhoofd was hoog, glad en wit. Hij keek naar Anezka. Ze zuchtte, leek even na te denken, blies een verdwaalde haarsliert van haar voorhoofd en zuchtte nogmaals. Toen liep ze op hem af, sloeg beide armen om zijn bovenlijf, vlijde zich tegen hem aan en legde haar wang tegen zijn schouder, precies daar waar twee dikke witte koordjes van zijn epauletten naar beneden bungelden.

'Zo, dus zo zit dat,' zei Franz na een tijdje. Anezka knipperde traag met haar ogen.

'Ja, zo zit dat,' antwoordde ze. Franz keek naar het plafond. Eventjes kroop er een gedachte achter zijn voorhoofd, even smerig en gemeen als de grote stofvlok die daar in een reet tussen de planken omlaag hing. Maar hij verjoeg haar weer. In plaats daarvan had hij graag met blote handen een gat in de muur geslagen en was er gewoon door weggelopen, een paar laantjes maar, door het Prater tot aan het reuzenrad. Hij was graag in een van de gondels gestapt om zich net zo lang rond te laten draaien tot de pijn over was. Anezka's roze wijsvinger speelde met de snoeren van het koord tegen haar wang. De jongeman had zijn hand in haar nek gelegd en begon in haar haar te krieuwelen.

'Misschien moesten we...' begon Franz en hij stokte.

'Wat?' vroeg Anezka en legde haar hand op de hand in haar nek.

Franz haalde zijn schouders op. 'Weet niet,' zei hij. 'Ik weet het werkelijk niet.' Hij draaide zich om en vertrok.

Toen hij zich langs de tafeltjes naar de uitgang wurmde, maakte de citroengele conferencier net met flair een elegante buiging en wapperde daarbij met zijn hoed boven zijn bezwete kale kruin. En lang nadat Franz de grot had verlaten en langzaam door het steegje tussen de houten schuttingen koers zette in de richting van het reuzenrad, kon hij achter zich het gedempte applaus nog horen. Hij moest denken aan de vleermuizen, die hij als kind zo vaak had gadegeslagen, en die overdag bijna roerloos aan het plafond van de kalksteengrot in Unterach hingen en die zich pas kort na zonsondergang als op een stil teken losmaakten van het plafond en in een geweldige zwerm de nacht in ruisten.

Sinds de nazi's het ondertussen in heel Wenen en dienovereenkomstig natuurlijk ook in het hoofdpostkantoor definitief voor het zeggen hebben, dacht postbode Heribert Pfründner, terwijl hij de laatste meters van de Berggasse op klom, is toch niet alles ten kwade gekeerd en, dat moet toegegeven worden, sommige dingen misschien zelfs ten goede, dat moeten we eerlijk gezegd wel erkennen. Zo heten de postzegels nu bijvoorbeeld frankeerzegels, dacht hij verder, en ze zijn over het geheel genomen mooier, want kleuriger en op de een of andere manier indrukwekkender dan vroeger, met hun adelaars en mensenmenigten en het wapen van Danzig en nog veel meer dingen. Op sommige zegels was nu ook de Führer afgebeeld. In feite en ondanks alle gedweep met het Duitse, was de Führer altijd nog een Oostenrijker, dacht Heribert Pfründner, een rasechte Opper-Oostenrijker uit het weliswaar mooie, maar toch werkelijk onbeduidende plaatsje Braunau am Inn, en dus zal hij wel weten wat er voor dit land benevens zijn inwoners en postklanten allemaal goed is. Als de Führer namelijk niet wist wat hij deed, was hij tenslotte geen Führer, maar op zijn hoogst burgemeester of gemeenteraadsvoorzitter of gemeenteraadspenningmeester van Braunau am Inn. Hoewel sommige zaken ook wel een bedenkelijke indruk maken, dacht hij, terwijl hij luisterde naar de blikkerige geluiden die de enveloppen en de briefkaarten veroorzaakten in de diepte van de brievenbussen van het hoekhuis op de Berggasse en Währingerstraße. Die toestanden met de Joden bijvoorbeeld, waar je de laatste tijd steeds vaker over hoorde: was het toch eigenlijk niet een beetje schunnig om de Joden uit hun woningen, winkels en kantoren, met name ook uit alle postkantoren te gooien en hen bovendien nog op hun knieën over de stoepen heen en weer te laten schuiven? En dan die kwalijke zaak met de brieven waarover in kringen van collega's werd gesmoesd. Er was sprake van omvangrijke kelderverdiepingen onder het hoofdpostkantoor, van verblindend lichte ruimtes waarin honderden mannen en vrouwen in ploegendiensten brieven openden en die afhankelijk van de inhoud vrijgaven voor uiteindelijke verzending of aan de postdirectie deden toekomen voor grondiger onderzoek. En inderdaad moest je nu al bijna elke tweede brief in een opengesneden envelop bezorgen, wat natuurlijk niet anders dan een uitgesproken schande vormde voor elke enigszins fatsoenlijke postbode en dus in het bijzonder ook voor hem, Heribert Pfründner, zoals bekend de fatsoenlijkste postbode van het district Alsergrund/Rossau en ver daarbuiten. Maar goed, dacht hij, wat ging het hem ook aan, hijzelf kreeg allang geen post meer en die paar jaar tot aan zijn pensioen zou hij op de een of andere manier ook wel uit zien te hijgen. Bovendien was hij geen Jood, maar van oorsprong een Opperstiermarker en hij had dienovereenkomstig een tot in het stenen tijdperk te volgen zuivere stamboom.

Verdiept in zulke en andere gedachten was Heribert Pfründner ten slotte in de Währingerstraße voor het kleine sigarenzaakje aangekomen, viste uit zijn ondertussen aangenaam slap van zijn schouder bungelende brieventas een exemplaar van het *Alsengrunder Bezirksblatt* en een paar kleurige prospectussen, wierp een korte blik op het droomblaadje van de dag dat op de winkelruit hing, duwde de deur open en kwam de winkel in met een voor zijn doen tamelijk goedgemutst uitgeprutteld 'Heilitler!'

Achter de toonbank keek Franz op van zijn boekhouding, waarmee hij al de halve nacht en de hele ochtend had zitten worstelen, en knikte naar de postbode. 'Beste postbesteller,' zei hij vermoeid, 'die Hitler kunt u wel ergens anders in steken en verder wens ik u een goede morgen!'

Heribert Pfründner deed alsof hij niets had gehoord, schraapte omstandig zijn keel, kraakte een beetje met de leren schouderriem van zijn brieventas, keek rond in de tijdschriftenrekken, geeuwde, plukte aan zijn dasknoop en schraapte zijn keel nog eens.

'U zult het al wel hebben gehoord,' zei hij eindelijk en boog zich naar de toonbank. 'U bent toch in zekere mate een goede bekende van meneer de professor!'

'Van welke professor dan?'

'Nou, van de gekkendokter.'

'Dat kan wel zijn,' zei Franz en deed heel ongeïnteresseerd. Hoewel hij heimelijk wel een beetje gevleid was door deze quasiopenbare, officiële inschatting van zijn relatie met de professor. Bijzonder zorgvuldig tipte hij met zijn inktsponsje de vulpenpunt schoon. 'Wat moet ik dan precies hebben gehoord?'

'Nou, dat de professor vertrekt. Weg uit de Berggasse, weg uit Wenen, weg uit Oostenrijk met zijn hele familie en woninginrichting en alles erop en eraan!' Franz knikte. Er kwam iets kwalijks in zijn keel omhoog, bleef er even als een prop vastzitten, voordat het verder omhoogkwam, zich ergens achter zijn ogen breed maakte en zijn hele hoofd leek te vullen. 'Zozo,' zei hij en hij richtte zijn blik op de kolommen waarin zijn van de inkt nog natte boekingen tot één enkele blauwe getallenbrij vervloeiden.

'Ja, zo zit dat,' viel de postbode meteen in met een ijverig knikken, 'omdat de professor immers ook een van hen is. Een Jood, bedoel ik. En als Jood aan de ene kant en als professor aan de andere zal hij wel bij zichzelf hebben gedacht: voordat het definitief ongezellig wordt, kan ik maar beter gaan!'

'Aha,' zei Franz, 'en waar wil hij dan wel naartoe?' Heribert Pfründner richtte zich op en schokschouderde. 'Naar Engeland, zeggen ze. Daar zal hij misschien met rust worden gelaten. Bovendien is er een koning en er zijn waarschijnlijk nog genoeg gekken die hem wat betalen voor zijn ideeën.'

'Aha,' herhaalde Franz. 'En wanneer zal het gebeuren?'

'Morgen, meneer de sigarenboer,' zei de postbode en hij slingerde met een ronde beweging van zijn bovenlichaam zijn naar voren gegleden brieventas weer op zijn rug. 'Morgenmiddag drie uur!'

Nadat de postbode het sigarenzaakje had verlaten, duurde het een tijdje voordat Franz' innerlijk gloeiende hoofd enigszins was afgekoeld en in staat was iets zinvols in gang te zetten. Nu ging dus ook de professor. Ze gingen allemaal. Het was alsof de hele wereld zich opmaakte ergens naartoe te gaan. En dat terwijl hijzelf net was gekomen! Hij borg boekhouding en schrijfgerei op in de toonbank, ging naar achteren, sprenkelde koud water op zijn gezicht, kamde met zijn vingers door zijn haar, liep weer naar voren, zocht uit de kist met de Hoyo's drie bijzonder mooie, volle en geurige exemplaren, pakte ze in de culturele pagina van een *Bauernbündler*, stak het pakje onder zijn hemd, sloot de winkel en ging op weg naar Berggasse 19.

De twee mannen in burger waren al van verre te zien. Vlak naast elkaar zaten ze op het bankje, de een hield zijn hoofd achterover en leek de duiven in de dakgoten te observeren, de ander zat een beetje voorovergebogen en staarde naar het plaveisel. Het zag eruit alsof ze daar al lange tijd zo zaten, hun achtersten aan de bank vastgenageld en volkomen roerloos, maar toen Franz bij de poort was aangekomen en zijn wijsvinger op de spreekkamerbel van de professor legde, stonden ze opeens achter hem.

'En waar wil jij heen?' vroeg de jongste van de twee.

'Nou, daar naar binnen,' antwoordde Franz.

'Naar wie?'

'Naar de professor.'

'Hoezo?'

'Ik breng hem zijn theaterkaartjes!'

'Wat voor theaterkaartjes?'

'Burgtheater, vanzelfsprekend,' zei Franz. 'Eerste rij, midden, parket. Schiller, geloof ik, of Goethe. In ieder geval iets serieus!'

De oudere collega kwam een stap dichterbij, keek Franz niet in de ogen, maar leek te staren naar een plek op zijn voorhoofd of daar ergens net boven. 'Voor Joden is er vandaag geen voorstelling,' zei hij. 'En ook morgen niet. En overmorgen al helemaal niet. Voor Joden is het definitief uit met het spel. En daarom smeer je hem nu weer met je theaterkaarten, en snel een beetje. Anders ram ik ze zo ver in je reet, dat een veearts ze niet eens terug zal kunnen vinden!'

Franz liep langzaam de Berggasse af. De mannen in burger waren naar de bank teruggekeerd en hadden hun oude houding weer ingenomen: hoofd achterover met de blik op de duiven, hangend hoofd met de blik op het straatplaveisel. Na vijftig meter sloeg hij de Porzellangasse in en bleef staan. Onder zijn hemd knisterde het pakje. De Hoyo's geurden zelfs door het krantenpapier heen. Voorzichtig loerde hij om de hoek. De mannen zaten er onveranderd, grijs en onbeweeglijk als standbeelden. Tegenover hen, een paar passen af van de toegangspoort naar de woning van de professor, lag de zaak van een kolenhandelaar. De houten beschotten van het kelderluik stonden open, de straat was bijna tot het midden van de rijweg zwart geworden van het kolenstof. Franz moest denken aan Anezka's wimpers. Zwart, dacht hij, zwart als het hart van de duivel. Een luider wordend gerinkel en het getrappel van zware hoeven kondigden een bierwagen aan, die vanaf het Donaukanaal dichterbij kwam. De koetsier klakte met zijn tong, de paarden sprongen vooruit, de wagen versnelde en hobbelde vlot de Berggasse op. Het was een grote wagen, beladen met acht reusachtige vaten en twee leerjongens, die hun benen van de laadvloer lieten bungelen. Toen de wagen zich tussen hem en de mannen in burger in schoof, begon Franz te rennen. Gebukt holde hij naast de schouderhoge wielen, zwenkte ter hoogte van de kolenhandel opeens naar rechts en was met drie passen bij het pikzwarte luik. Hij pakte met beide handen het kozijn beet, zwaaide erdoorheen, gleed op zijn achterwerk de korte kolenglijgoot af, landde op een zachtjes klikklakkende hoop gruiskolen en keek om zich heen. Overal lagen kolen: in hopen bij elkaar geschept, in zakken verpakt, als briketten tot glanzend zwarte muren gestapeld, als losse brokstukken over de hele vloer verspreid. Onder een raampje aan de achterwand stond een vuile schrijftafel met daarvoor drie op elkaar gestapelde kolenzakken als zitplaats. Franz klom op de tafel, stak zijn hoofd naar buiten en keek uit op een binnenplaats waar geen mens te bekennen was. Hoge grijze muren, in het midden een oude kastanje, hier en daar een open raam, een paar verfrommelde geraniums, de geur van natte kalk, gekookte kool en gemeenschappelijke toiletten. Franz trok zich op en kroop naar buiten.

een zware wollen deken. In de kamer bevonden zich behalve de divan nog een reusachtige tegelkachel en een glazen vitrine vol rare figuren, mannetjes en dierentronies.

'Wat kom je doen?' De stem van de professor was definitief veranderd in het broze kraken van een vermolmde tak. Hij leek te zijn afgevallen. Nog breekbaarder dan Franz het zich herinnerde lag zijn hoofd op de kussens. Zijn kaak leek op de een of andere manier opzij te zijn gegleden en was voortdurend in beweging. Met voorzichtige passen liep Franz over het parket naar de divan.

'Bent u ziek, meneer de professor?' vroeg hij zo zachtjes dat hij een moment dacht zichzelf nauwelijks te kunnen verstaan.

'Sinds een jaar of veertig,' knikte Freud. 'Maar nu is het zover gekomen dat ik mijn tijd slijt met een kruik op de divan die eigenlijk voor anderen was bestemd. Overigens zou ik je graag een zitplaats aanbieden, maar ik ben bang dat onze stoelen verscheept zijn of al plat worden gedrukt door een of ander kloek nationalistenachterwerk!'

'Ik sta graag, meneer de professor,' zei Franz snel. 'Ik hoorde dat u weggaat?'

'Ja,' kreunde Freud en hij trok zijn knie onder de deken op tot een spitse driehoek.

'Maar waarheen dan?'

'Naar Londen.' De professor duwde de bril op zijn neus recht. 'Maar waarom heb jij eigenlijk Anna's broek aan?'

'Uw dochter was zo vriendelijk… en toen heb ik… ik

kwam immers achter over de binnenplaats... door de kolenkelder... omdat buiten toch de Gestapo zit...'

'De Gestapo...' herhaalde de professor en het klonk alsof er een brokstuk uit zijn mond viel.

Op dat moment ging hun blik bijna gelijktijdig omhoog, waar direct boven de divan een hooiwagen zijn weg over het plafond beefde. In een ruime boog trippelde hij naar een hoek, stopte, wipte nog een beetje op en neer en verroerde zich niet meer.

'Ik heb iets voor u meegebracht!' zei Franz. Hij haalde het pakje uit zijn hemd, wikkelde voorzichtig de drie sigaren uit de culturele pagina en bood ze de professor aan. Freuds gezicht klaarde op. Met een onverwacht levendige zwaai gooide hij de deken opzij en ging zitten. Nu pas zag Franz dat hij een pak droeg: een smetteloos grijsflanellen colbert met één rij knopen, met vest, gesteven overhemdkraag en keurig gestrikte dasknoop. Maar geen schoenen. Freuds voeten, klein en smal als kindervoeten, staken in donkerblauwe sokken, waarvan de rechter aan de rand van de grote teen duidelijk al een paar keer was gestopt.

'Een voor nu, een voor onderweg, een voor Engeland, had ik zo gedacht,' zei Franz.

Met licht wiegend hoofd bekeek Freud de drie sigaren, ten slotte pakte hij er één met zijn vingertoppen op en liet hem in de zak van zijn colbert verdwijnen.

'Die is voor het koninkrijk!' zei hij. 'De eerste trekjes in vrijheid!'

Hij pakte de twee andere sigaren, hield ze tegen het licht van het raam, bevoelde ze voorzichtig, haalde diep adem en onder een enthousiast gereutel perste hij eruit: 'Heb jij wel eens zoiets heerlijks, zoiets prachtigs tussen je tanden gehad, iets wat in al zijn onvolmaaktheid zo volmaakt is?' Franz dacht aan de lianen die hij vroeger samen met de andere jongens uit het kreupelhout had getrokken, met behulp van een zakmes in vingerlange stukken had gesneden en op zijn rug liggend op de vlonder had gerookt. De smaak was afschuwelijk, houtig en wrang, maar niemand liet iets merken. In plaats daarvan bliezen ze allemaal bleek en stil de rook de hemel in en probeerden de steeds opnieuw opkomende hoestprikkel te onderdrukken. Soms verdween er iemand in het riet om gebukt tussen de hoge halmen te kotsen in het water, waarin weldra de zilveren zalmforellen om de brokjes streden.

'Nee, ik geloof van niet, meneer de professor.'

De oude man rechtte zijn kaak voor een scheve glimlach. 'Dan wordt het tijd, jonge vriend!'

Op een knikje van de professor liep Franz aarzelend naar de vitrine en pakte een asbak van loodkristal met aan weerskanten een onthoofde terracotta ruiter en een kleine, maar tamelijk rechtopstaande marmeren fallus. 'Ik weet het niet zo goed, meneer de professor, ik heb het nog nooit geprobeerd.'

'In de poging herscheppen de werelden zich,' zei Freud opgeruimd. 'Bovendien wil ik bij het afscheid niet alleen roken.'

'Ga zitten!' voegde hij er na nog een reutelende ademhaling aan toe en hij aaide met zijn linkerhand over de bekleding naast zich.

'Op de divan?'

'Op de divan!'

Franz ging voorzichtig zitten. De divan voelde verrassend hard aan. Hard als de uren die de patiënten erop hadden doorgebracht, dacht hij, en toch niet echt ongezellig. Als de professor naast hem een beweging maakte, voelde hij die meteen. Het was net alsof ze nu ook lichamelijk met elkaar verbonden waren.

De eerste trekjes rookten ze zwijgend. Op het plafond was de hooiwagen weer in beweging gekomen, hij zette een paar tastende passen zijn hoek uit, maar rende meteen terug en leek definitief te verstarren.

Franz had bij de eerste trek een hevige hoestprikkel moeten onderdrukken, bij de tweede een kotsprikkel en bij de derde werd hij nu wat duizelig en had hij het gevoel langzaam voorover op het parket te vallen. Maar op de een of andere manier lukte het hem toch innerlijk balancerend min of meer rechtop te blijven, en vanaf dat moment ging het beter. En al ongeveer na het zevende of achtste trekje voelde hij behalve een licht verlammend gevoel in zijn tong diep vanbinnen een koekwarm welbevinden dat bezit van hem nam.

'Ik heb natuurlijk gehoord wat er met meneer Trsnjek is gebeurd,' zei de professor en met zijn kleine vuist tegen zijn mond schraapte hij zijn keel. 'Dat spijt me erg.'

'Ja,' zei Franz na een tijdje. 'Nu ben ik de sigarenboer.'

Een gelig schemerlicht verspreidde zich in de kamer. Buiten ruiste de kastanje en in het stukje hemel boven de binnenplaats kwamen donkergrijze wolken opzetten. Freud trok een slip van de deken over zijn schoot. 'En nu wordt het ook nog koud!' zei hij knorrig en hij wreef zijn voeten tegen elkaar.

'U zou iets warms moeten aantrekken, meneer de professor. Een wollen vest misschien. Of een jasje. Of u zou deze tegelkachel kunnen aanmaken. En in het algemeen kan het geen kwaad een beetje meer op uw gezondheid te letten. Op uw leeftijd, bedoel ik!'

De professor hief afwerend een zwakke hand. 'Mijn leeftijd heeft met gezondheid allang niets meer van doen.'

'Zoiets mag u niet zeggen, meneer de professor!' zei Franz en stak streng zijn wijsvinger op.

'Kinderen en grijsaards zouden nog veel meer moeten mogen. Maar laten we het over heel andere kwalen hebben, hoe is het met je Boheemse Dulcinea?'

'Ze heet niet Dulcinea, maar Anezka, en het is voorbij. Of beter gezegd, het is nooit begonnen. Misschien was het allemaal toch al een kolossale vergissing.'

'Liefde is altijd een vergissing.'

'Ze is nu met een nazi. Een officier. Of generaal. Of weet ik veel. In ieder geval een van de SS, helemaal in het zwart en met zilveren schedels aan zijn riem...'

Franz haperde. Opeens voelde hij de blik van de oude

man op zich. Ze keken elkaar even zwijgend aan. Zijn ogen, dacht hij, die merkwaardige bruine, lichte, glanzende ogen zien eruit alsof ze niet met de rest van het lichaam mee oud worden. Freud opende zijn lippen en liet wat rook tussen zijn tanden ontsnappen, die langs zijn neusvleugels, onder zijn brillenglazen door en over zijn voorhoofd langzaam naar boven kroop.

'Toen ik in Timelkam in de trein stapte, deed mijn hart pijn,' ging Franz verder, 'en toen Anezka er de eerste keer vandoor ging, waren tien dokters niet genoeg geweest om de pijn te behandelen. Maar toch wist ik ongeveer waar ik heen ging en wat ik wilde. Nu is de pijn bijna weg, maar ik weet helemaal niets meer. Ik heb zo het idee dat ik een boot ben die in het onweer zijn riemen is kwijtgeraakt en nu heel onnozel een beetje ronddrijft.'

'Dan hebt u het eigenlijk veel beter, meneer de professor,' voegde hij er na een kort zwijgen aan toe. 'U weet precies waar u heen gaat.'

Freud zuchtte. 'De meeste wegen komen mij in elk geval wel enigszins bekend voor. Maar eigenlijk is het helemaal niet ons lot de wegen te kennen. Het is juist ons lot om ze *niet* te kennen. We komen niet op de wereld om antwoorden te vinden, maar om vragen te stellen. Je loopt om zo te zeggen op de tast rond in een eeuwigdurende duisternis, en alleen met veel geluk zie je soms een lichtje opvlammen. En alleen met veel moed of vasthoudendheid of domheid, of het best met alle drie tegelijk, kun je hier en daar zelf een signaal afgeven!'

Hij zweeg, boog zijn hoofd en keek toen naar het raam. Het was licht gaan miezeren. De bladeren van de kastanje hadden een natte glans. Ergens knalde een deur en iemand riep iets onverstaanbaars. Daarna was het weer stil.

'Die kastanje...' mompelde Freud. 'Hoe vaak heb ik die al zien bloeien...'

'Zijn er in Londen ook kastanjes, meneer de professor?'

'Ik weet het niet.' Freud haalde zijn schouders op en keek Franz aan. Franz zag zichzelf gespiegeld aan de randen van de brillenglazen: een dun mannetje met grotesk vervormde ledematen. Opeens ging er een schok door het lichaam van de professor, hij stak de sigaar tussen zijn tanden, duwde zich met beide vuisten af van de divan, kwam op de een of andere manier overeind en bleef een seconde een beetje wankel staan. Toen liep hij met krakende knieën naar de hoek waar hoog boven hem de hooiwagen zat.

'Waarom mag hij in vredesnaam hier blijven terwijl ik, de wereldberoemde grondlegger van de psychoanalyse, moet gaan!' stootte hij woedend uit, stak zijn arm in de hoogte en schudde dreigend zijn vuist naar het beest. De hooiwagen beefde even, hief een poot, zette hem weer terug en verroerde zich niet meer. Uitdagend keek Freud een tijdje naar hem. Ten slotte liet hij zijn arm zakken en staarde zwijgend naar het door de rook bruin geworden behang.

'Ik geloof dat zo'n hooiwagen het zeker ook niet altijd

gemakkelijk heeft, meneer de professor!' verbrak Franz voorzichtig de stilte. Freud keek hem aan alsof hij nu net iets volkomen nieuws ontdekte, een volkomen nieuwe levensvorm, die zich tijdens een lange afwezigheid over zijn divan had verspreid. Met een vermoeid, fladderend handgebaar weerde hij de opmerking af. Toen nam hij een trek van zijn al bijna uitgegane Hoyo, kwam met kleine passen terug naar de divan en liet zich er langzaam als na een ontzaglijke krachtsinspanning op neerzakken. Ondertussen was het in de kamer nog schemeriger geworden. Buiten rolde van verre de donder op hen af en de kastanje leek weg te duiken in de nauwe binnenplaats. In huis was het bijna volkomen stil, alleen drong er zo nu en dan gedempt geruis uit de verder gelegen kamers tot hen door.

Franz merkte de ademhaling van de professor naast zich, soms begeleid door een zacht keelgeschraap. Hij hoorde hoe de professorensokken tegen elkaar aan wreven, kort daarna een reeks krakende geluiden uit de parketvloer, het knisperen van de gloeiende sigaar. Daarna weer stilte.

'Ik heb trouwens toch niet één van uw boeken gekocht,' zei Franz. 'Ten eerste zijn ze tamelijk duur, ten tweede ongelooflijk dik en ten derde is er in mijn hoofd nu toch geen plaats voor dat soort dingen.'

'Maar ik heb uw raad opgevolgd en ben begonnen mijn dromen op te schrijven,' voegde hij eraan toe. 'De meeste daarvan zijn waarschijnlijk flauwekul, maar er zitten al een paar gekke bij. Ik bedoel niet gek om te lachen, maar eerder vreemd gek. Ik weet niet eens waar ze allemaal vandaan komen. Omdat ik me namelijk niet kan voorstellen dat zulke dingen in mijn hoofd helemaal vanzelf kunnen ontstaan. Of wat denkt u, meneer de professor?'

Freud mompelde iets onverstaanbaars en strekte zijn benen. Franz giechelde: 'In ieder geval schrijf ik ze elke dag op een blaadje en ik plak ze op de winkelruit. Of dat wat oplevert, is nog niet te zeggen. Voor mezelf, bedoel ik. Maar voor het sigarenzaakje is het goed. De mensen blijven staan, duwen hun neus tegen de ruit en lezen wat er 's nachts door mijn hoofd is gewaaid. En als ze eenmaal stil zijn blijven staan, komen ze soms ook naar binnen en kopen wat.'

'Zo zit het precies, meneer de professor!' ging hij na een pauze verder en hij moest weer giechelen. Een warme golf van weldadigheid stroomde door zijn lichaam. Tegelijk was hij een beetje duizelig. Maar aangenaam duizelig, alsof hij niet op een oude divan, maar op de nog oudere, vermolmde, al half in het meer gezonken vlonder aan de zuidoever zat, die altijd zo fijn wiebelde op de aanrollende scheepsgolven. Misschien lag het wel aan deze op de zonnige oevers van de San Juan y Martínez-rivier geoogste en door gevoelige vrouwenhanden gerolde Hoyo, dacht hij, en hij keek een tijdje naar de zachte huid van het dekblad. Of aan de bijna onwerkelijke nabijheid van de professor. Misschien lag het ook wel aan iets heel anders, dacht hij verder, waarbij het er eigenlijk totaal niet toe deed waar die warme weldadigheid opeens vandaan was gekomen: weldadig is weldadig, punt uit. Meer viel er niet over na te denken. Tegen de vensterruiten petsten nu grote regendruppels, die door de wind in glinsterende strepen alle kanten op werden gejaagd. Achter de ramen aan de overkant van de binnenplaats ging hier en daar licht aan.

'U zult dat niet weten, meneer de professor,' zei Franz en hij draaide de sigaar langzaam tussen zijn vingers, 'maar Otto Trsnjek was geen roker. Otto Trsnjek was een krantenlezer. Krantenlezer en sigarenboer. Wat voor hem bijna hetzelfde was. Gek eigenlijk, iemand zit tientallen jaren lang in zijn sigarenzaakje en wil niet roken. Zit daar, weet praktisch alles over sigaren, kent de herkomst en kwaliteiten en kenmerken tot in de kleinste details en kan over hun gevoelsleven vertellen zoals een dokter over het inwendige van een lijk – maar hoe ze eigenlijk smaken, daar heeft hij niet het kleinste ziertje weet van.'

'Dat is toch werkelijk gek,' zei hij nog eens nadenkend, nadat hij een lang stuk as in de loodkristallen asbak tussen het bovenbeen van de professor en het zijne had getikt. 'Natuurlijk begrijp ik van roken ook nog niet veel. Maar als u terugkomt, ben ik er al verder mee, dat beloof ik u. En u komt immers terug. In elk geval en zeer beslist komt u terug. Want vaderland is vaderland en thuis is thuis. En op een bepaald moment zal Hitler wel weer tot bedaren komen. En alle anderen ook. En alles zal weer zo zijn als vroeger. Of wat denkt u, meneer de professor?'

Freud maakte een knorrig geluid en Franz liet zich nog wat verder in de kussens zakken.

'In Engeland schijnt het meer te regenen dan in Salzkammergut. Dus zo goed als voortdurend. Zoiets kan niet gezond zijn voor een wat rijpere heer, als u die uitdrukking door de vingers wilt zien. In ieder geval moet u ook ooit mijn moeder eens leren kennen. Ik geloof namelijk dat u tweeën goed met elkaar op zouden kunnen schieten. Mama begrijpt namelijk ook een heleboel van de mensen en hun onzinnigheden, dan hebt u genoeg om met elkaar over te praten. Bovendien kan ze aardappelkoek bakken. En wel de enige echte en goede, in de ijzeren koekenpan en in geklaarde boter gebakken, met of zonder kaantjes, met of zonder linzen, net wat u lekker vindt...'

Franz zweeg. Hij had het idee dat hij nog nooit in zijn leven zoveel had gepraat. En dat was misschien ook zo. Niet-praten had hem altijd het hoogste geleken waarnaar je kon streven, vroeger, wat moest je jezelf nu omstandig gaan vertellen in de omgeving van bomen, riethalmen of algen? En zijn moeder had toch al nooit zin om woorden te verspillen. De meeste avonden hadden ze zwijgend samen in de hut gezeten en dat was ook prettig zo. Zijn moeder. Waar was ze nu? Wat deed ze? Zou ze net aan hem denken? Aan haar kleine Franzl, die eigenlijk helemaal niet zo klein meer was? Franz knipperde met zijn ogen. Buiten kletterde de regen tegen de ruiten. De kussens in zijn rug waren zachter dan alles wat hij tot nu toe had gevoeld. Met uitzondering van zijn moeders armen. En Anezka's buik. En haar knieholtes. En de heuvels van haar schouderbladen. En al haar andere lichaamsdelen. In zijn maag borrelde het zachtjes. De tegelkachel in de hoek antwoordde met een zacht kraken. Langs de muur zweefde een schaduw. Ook in de vitrine bewoog iets. Een houten krijger van ongeveer een duim lang ging op zijn tenen staan, hief langzaam zijn hand en zwaaide alsof hij afscheid nam. 'Dat is natuurlijk flauwekul,' zei Franz zachtjes. Of dacht hij hardop. Nog nooit in zijn leven had hij zich zo moe en loom gevoeld.

'Meneer de professor?' vroeg hij. Zijn stem beefde een beetje, hij hield de sigaar voor zijn gezicht en zag hoe de gloed voor zijn ogen wazig werd. 'U komt toch terug, hè...?'

De professor gaf geen antwoord en toen Franz hem aankeek, zag hij dat hij in slaap was gevallen. Hij ademde gelijkmatig, zijn beide handen lagen rustig in zijn schoot, de sigaar tussen zijn vingers was allang uitgegaan. Franz legde zijn Hoyo in de asbak en boog zich over de oude man. Hij zag er ongelooflijk broos uit. Zoals de figuren in zijn vitrine, dacht Franz. Alsof hij, mocht hij in zijn slaap van de divan glijden, in duizend stukken kon breken. Of gewoon tot stof kon vervallen. Zijn hoofd lag achterover, zijn mond stond een beetje open. Zijn huid zag eruit als vergeeld papier, duizend keer verfrommeld en weer uitgevouwen. Hij lag heel rustig, alleen zijn ogen schoten nog onder de oogleden heen en weer, alsof ze niet konden berusten in de stilte en het donker om ze heen. Franz pakte het koude restant van de sigaar uit de hand van de professor en legde het in de asbak. Behoedzaam stopte hij een van de kleinere kussens als steun achter zijn nek, trok met zijn vingertoppen de geknikte kraag van zijn overhemd recht en blies voorzichtig een paar vlokjes as van zijn stropdas. Toen pakte hij de deken, spreidde die over de professor uit en streek met zijn hand over de wol. Hij bleef nog bijna een minuut bij de divan staan en keek naar de rustige ademhaling. Toen hij ten slotte op zijn tenen de kamer uit ging, keek hij nog eenmaal naar het plafond. De hooiwagen was verdwenen.

In de namiddag van de volgende dag – het was 4 juni 1938 – verliet prof. dr. Sigmund Freud in de dun gezaaide kring van intimi en familieleden Wenen, de stad waar hij bijna tachtig jaar van zijn leven had doorgebracht, om met de Oriënt-Express in ballingschap te gaan, via Parijs naar Londen. De formaliteiten waren afgehandeld. De uitreisvergunningen waren verstrekt, de vluchtbelasting, haast een derde van het hele familievermogen, was betaald, en een groot deel van het huishouden, de meubels en de antiquiteiten, was ingescheept of wachtte in een depot op overbrenging naar Engeland. Hoe er dan toch nog zo'n twintig koffers, kisten en tassen mee op reis gingen, was de professor een raadsel, net als trouwens het feit dat het meeste van hem persoonlijk zou zijn. Veel te veel bezittingen voor een oude man, dacht hij, terwijl hij de dag van de reis als een droom aan zich voorbij liet gaan, alleen maar nutteloze ballast op het laatste stuk van een lange weg. Anna voerde het commando. Ze hield de gebeurtenissen in het oog en de dingen in de hand. Zij had de twee grote taxi's naar het Westbahnhof besteld, zij organiseerde de kruiers, kocht de treinkaartjes en schoof de loketbeambte wat kleingeld toe voor de reservering van de zitplaatsen. In haar handtas had ze de paspoorten, visa en andere documenten van het kleine reisgezelschap veilig opgeborgen, en in een grote mand sleepte ze een paar stukken koud rookvlees, een pan eigenhandig gemaakte noedels met witte kool en ook een aanzienlijke stapel in theedoeken gewikkelde en nog steeds warme semmelknoedels mee. Helemaal onder in de mand had ze bovendien een fles vermout en kleine glaasjes verstopt. Voor de eerste meters na de grens, had ze bedacht, een dronk op de vrijheid. Toen het groepje langs de nieuwsgierige blikken en het veelstemmige gesmiespel van de mensen door de aankomsthal liep, barstte Anna's moeder in tranen uit. Anna gaf haar een zakdoek, streelde over haar haar en gaf haar toen ondubbelzinnig te verstaan dat ze zich moest vermannen en gewoon door moest lopen. Zij had nooit zoveel van Wenen gehouden als haar ouders. Maar het ook niet zo gehaat. In feite had ze geen gevoelens ten opzichte van haar geboortestad die het vermelden waard waren en voor haar was het vertrek naar het buitenland niets meer of minder dan de uiteindelijk toch gelukte vlucht voor de nationaalsocialisten. Op het perron heerste een enorm gedrang. Er werd geschreeuwd, gejammerd en gelachen, mensen lagen in elkaars armen, kusten of kibbelden een laatste maal, riepen elkaar door de open treinramen iets toe, vormden luid door elkaar pratende groepjes of stonden met verwarde blik in hun eentje naast hun koffer met een lichtblauw treinkaartje in de hand.

Prof. dr. Sigmund Freud wilde om de een of andere reden absoluut als laatste instappen, maar zijn dochter duwde hem met zachte hand voor zich uit de ijzeren treden op en de wagon in. 'Laat me, ik kan het zelf wel!' zei hij, en dat waren zijn laatste woorden op Weense bodem.

Anna keek nog eenmaal over het overvolle perron. Onder het hoge plafond van de hal leek het geroezemoes van de mensen steeds verder aan te zwellen, schril snerpte het fluitje voor het vertrek erbovenuit. Een late reiziger haastte zich naar zijn wagon, een paar jongeren viel elkaar theatraal in de armen, er werd met bloemen, hoeden en kranten gezwaaid, en uit de wirwar lichtte overal het rood van de hakenkruisarmbanden op. Toen Anna zich ten slotte omdraaide om in te stappen, werd haar blik nog eenmaal afgeleid. Helemaal achteraan bij de ingang van de aankomsthal, waar het gedrang het hevigst was, stond roerloos de jonge sigarenboer. Hij stond met zijn rug naar de muur, zijn gezicht was ongewoon wit, hij leek haar kant op te kijken, maar zijn ogen waren uit de verte niet te onderscheiden. Het fluitje snerpte nog eens, de conducteur gaf het teken voor vertrek en Anna stapte in. Nadat de deur achter haar dicht was gevallen en de wagon zich met een logge schok in beweging zette, slaakte ze een diepe zucht en leunde met haar voorhoofd tegen de ruit. Het glas was aangenaam koel en toen de trein het Weense Westbahnhof uit reed, scheen de middagzon direct in haar gezicht.

Het ging nu weer enigszins. Op de een of andere manier gaat het altijd wel weer. Het ergste leek althans achter de rug te zijn, het diepste dal doorwaad en de vlijmendste buikpijn overwonnen. Zelfs de hallucinaties waren bijna verdwenen. Nog geen anderhalve dag geleden was Franz op zijn tenen over het parket van het woonlabyrint van de familie Freud geslopen, had de voordeur gezocht, ten slotte ook gevonden en zo behoedzaam mogelijk achter zich in het slot getrokken. Al toen hij bij wijze van afscheid met zijn vingertop de letters natekende van de naam van de professor op het messing bordje naast de spreekkamerbel, voelde hij iets vreemds in zijn buik, en toen hij even daarna op de onderste trede was aangekomen, was dit vreemde gevoel in zijn buik al in een overweldigende misselijkheid veranderd. Onbeholpen als een jong hondje liep hij door de gang, waarbij hij een moment verdwaald dacht te zijn in een mijn van de oude zoutontginning die hij met een excursie van de lagere school vele jaren geleden in Gmunden had bezocht.

Toen had hij steeds weer stiekem aan de wanden van de mijngang gelikt om het zout diep onder de grond te proeven, maar hij was elke keer door de stoffige smaak van de stenen teleurgesteld. Die herinneringen verdwenen even snel als ze opgekomen waren, en Franz wankelde naar buiten. De regen kletterde op zijn gezicht, de Berggasse was in een stortbeek veranderd en uit de riooldeksels borrelde bruine soep. De bank was leeg. Maar toen Franz zich van de deurkruk, die hem even tot handvat had gediend, afduwde om op weg naar huis te gaan, merkte hij achter de dikke sluier van regen een schimmige beweging in een poortingang aan de overkant van de straat. Verder gebeurde er echter niets. Misschien lag het aan de regen, misschien aan de Gestapo-opdracht een ingang te bewaken en geen uitgang – Franz kon het niet schelen, en hij ging een beetje krom en slingerend naar huis, maar werd verder niet lastiggevallen.

De nacht en de volgende ochtend had hij in bed doorgebracht, onder hem een schommelende diepte en boven hem, tegen de achtergrond van de versleten plafondbekleding, een onduidelijke knoedel vreemde gestalten, die afwisselend hun lijven tegen elkaar wreven, hun ledematen om elkaar heen sloegen of hun smoelen op elkaar persten, voordat ze weer uit elkaar stoven en vervlogen in de bedompte kamerlucht. Soms waren zijn gedachten naar de winkelruimte gedwaald, naar de stil in hun kistjes rustende sigaren, waaronder een aantal van het merk Hoyo de Monterrey, waardoor hij elke keer gedwongen was zijn hoofd in de vlak naast het bed gezette wasbak te steken en de zaak de vrije loop te laten. Rond twaalven werd het wat beter en 's middags om halfdrie kwam hij met nog steeds wat slappe benen zijn bed uit en ging te voet op weg naar het Weense Westbahnhof.

Ongeveer drie kwartier later stond hij op het perron helemaal achteraan bij de ingang naar de stationshal, waar het gedrang het hevigst was, en zag de professor de trein in stappen. De afstand was te groot om zijn ogen te onderscheiden, maar hij kon zijn kaken zien malen, toen zijn dochter hem de ijzeren treden op duwde. Zijn linkerhand omklemde de stang, zijn rechter hield de hoed op zijn hoofd vast. Hij maakte op dat moment zo'n smalle, lichte indruk dat Franz zich er niet over had verbaasd als Anna hem op de arm had genomen en als een kind naar binnen had gedragen.

Stipt volgens de dienstregeling kwam de trein om 15.25 uur in beweging, meerderde snel vaart en verliet het station in westelijke richting. Franz sloot zijn ogen. Hoeveel keer afscheid nemen kan een mens eigenlijk verduren, dacht hij. Misschien meer keren dan je denkt. Misschien geen enkele. Niets dan afscheid nemen, waar je ook blijft, waar je ook naartoe gaat, dat had iemand hem wel eens mogen vertellen. Een moment lang voelde hij de behoefte zich gewoon voorover te laten vallen en met zijn gezicht op de stoeptegels van het perron te blijven liggen. Als een stuk bagage dat is achtergebleven, verloren, vergeten, waar alleen nog nieuwsgierige duiven omheen trippelen. Maar dat is toch volkomen flauwekul, dacht hij woedend, schudde zijn hoofd en opende zijn ogen weer. Voor het laatst keek hij over de spoorrails, die in het zonlicht flitsten. Toen draaide hij zich om en liep door de aankomsthal terug naar buiten, het Weense middaglicht in. De hemel was stralend blauw, de regen had het asfalt schoongewassen en in de struiken zongen de merels. Voor de stationsingang stond de gaslantaarn waar Franz zich destijds meteen na zijn aankomst in Wenen aan vast had moeten klampen. Hoelang was dat geleden? Een jaar? Een half leven? Een heel leven? Hij moest om zichzelf lachen, om die gekke jongen die hier indertijd aan de lantaarnpaal had gehangen, met de harsige boslucht in zijn haren, een kluit modder aan zijn schoenen en een paar overspannen verwachtingen achter zijn voorhoofd. En opeens besefte hij dat deze jongen niet meer bestond. Verdwenen was hij. Weggekuierd en ondergegaan, ergens in de stroom van de tijd. En dat was allemaal ook nog heel snel gegaan, dacht hij, misschien alles bij elkaar een beetje te snel zelfs. Op de een of andere manier voelde het aan alsof hij zichzelf voortijdig was ontgroeid. Of hij gewoon uit zijn eigen ik was gestapt, als je dat zo kon zeggen. Het enige wat overbleef was de herinnering aan een smalle schaduw onder een gaslantaarn. Hij haalde diep adem. De stad rook naar zomer, paarden, diesel en teer. Over de Gürtel kwam een tram aan tinkelen. Uit een van de zijraampjes wapperde een hakenkruisvlaggetje. Hij moest aan zijn moeder denken, die mogelijkerwijs net nu op een door de zon verwarmde vlonder zat en haar tranen in het fonkelende gekabbel aan de oever liet vallen. Hij dacht aan Otto Trsnjek, wiens krukken nutteloos in de winkelhoek stonden. En hij dacht aan de professor, die de stadsgrens allang achter zich moest hebben gelaten en waarschijnlijk al ergens over de Neder-Oostenrijkse aardappelvelden in de richting van Londen stoof. Misschien kon hij hier en daar een signaal geven, had de professor gezegd, een lichtje in de duisternis, meer kon je niet verwachten. Maar ook niet minder, dacht Franz en hij was bijna in lachen uitgebarsten. De tram tinkelde voorbij en sloeg de Mariahilferstraße in. Het vlaggetje in het raam zag eruit alsof het danste.

'Eén ding is trouwens wel vreemd: hoe langer de dagen aanslepen, hoe korter het leven je lijkt. Een tegenspraak, maar zo is het wel. En nu vraag ik u: wat doen de mensen om hun leven te verlengen en hun dagen te verkorten? Ze praten. Ze praten, kletsen, kwebbelen en vertellen, en wel praktisch zonder enige onderbreking. En ook als je soms denkt: nu is het eindelijk eens rustig, laten we bijvoorbeeld zeggen in de kerk, of nog beter op het kerkhof – alsjeblieft! – daar begint alweer iemand te zwetsen! Waarschijnlijk blijft dat zelfs in de hemel of onder de aarde zo, er heeft altijd wel iemand zijn klep open. En dat is nog niet alles, het meeste van wat de mensen zich zo de hele dag laten ontvallen, kun je gelijk op de mesthoop gooien! Omdat namelijk iedereen praat, maar niemand wat weet. Niemand weet er het fijne van, niemand is op de hoogte. Niemand heeft ook maar een vermoeden. En trouwens: het is tegenwoordig misschien toch al het best om niet al te veel te vermoeden. Niets vermoeden is immers praktisch de eis van de dag, niets weten zet de toon van deze tijd. Dan kun je ook wel eens toekijken zonder iets gezien te hebben. Of toehoren en toch niets begrijpen. *De waarheid is de waarheid, punt uit*, zo wordt gewoonlijk gezegd. Maar ik zeg: zo zit het nou juist niet! Tenminste bij ons, in onze heerlijke Weense stad, zijn er evenveel waarheden als ramen waar mensen achter zitten die beweren het een of ander gezien of gehoord of geroken of altijd al geweten te hebben. En wat voor de een waar is, is voor de ander de grootste idiotie op Gods aarde en andersom. En geeft u me nu alstublieft een liter melk, of beter maar meteen twee, want wat je hebt, dat heb je! Het enige wat in dit geval trouwens praktisch onomstreden is: het moet afgelopen nacht zijn geweest. En wel zo tussen twee en drie. Dat is het uur van de ratten. Dan zijn de actievoerders uitgeschreeuwd, de dronkaards thuisgekomen en de melkboeren nog niet onderweg. Een fatsoenlijk mens ligt op dat uur in bed. Of zit bij het raam naar het duister buiten te staren. Maar natuurlijk lopen de meningen hier ook een beetje uiteen. Sommigen zeggen: het was eerder rond een uur of drie, weer anderen menen: het moet tegen vieren zijn geweest, omdat het boven de daken naar men zegt al zilverig werd. Maar ik beweer: zilverig, ammehoela! Het was pikkedonker, er was niet eens een tipje van de maan te bekennen, de straten waren leeg en dienovereenkomstig was het een gespreid bedje voor lichtschuw gespuis. En trouwens, gespuis is immers tegenwoordig ook maar betrekkelijk. Wie kan er in de hoofden van de mensen kijken? De bedoelingen en beweegredenen van een menselijk brein blijven uiteindelijk ondoorgrondelijk, en wat gisteren nog gespuis was, zet vandaag gewoon een andere hoed op en is opeens een hoogst fatsoenlijk mens geworden. Maar hou me ten goede, ik bedoel er verder niets mee. Geef me alstublieft meteen ook nog twee ons boter en drie kilo aardappelen, maar alleen die kleine, melige, voor het echte knoedeldeeg. Dus, tussen drie en vier is het gebeurd. En het was er maar één. Eén persoon alleen. En natuurlijk een man, omdat een vrouw aan een dergelijke krankzinnigheid namelijk niet eens een halve seconde tijd zou verspillen. Sommigen zeggen dat hij van middelbare leeftijd was. Anderen bezweren bij hoog en bij laag dat hij jong moet zijn geweest, omdat hij zo snel kon rennen. Als de bliksem moet hij namelijk volgens zeggen van het Morzinplatz af en vervolgens de Berggasse op geschoten zijn, toen het eenmaal voorbij was. Een jongen met lef. Maar ook een beetje maf, als je het mij vraagt. Als er lef bij komt kijken, kan de domheid namelijk niet ver weg zijn. En het is alleen zuiver geluk dat ze hem niet meteen te pakken hadden. Zeg maar het geluk der dommen. Denk je eerst maar eens in: overal staan er van die stillen te lummelen, op elke hoek, voor elke winkel, in het park, in de herberg en zelfs in de kerk; waar je ook kijkt, zit of staat er wel eentje – maar hun eigen hoofdkwartier zijn ze vergeten! Althans, helemaal vergeten hebben ze het niet. In elk geval kwamen er toch een paar van ze aangerend. Maar pas nadat het al veel te laat was, de ochtend aangebroken was en de vlag om zo te zeggen in top. À propos vergeten, hebt u een goede *Quargel*? Nee, die is niks, die ruikt nergens naar. Een Quargel moet stinken, anders is het geen Quargel, nietwaar. Doe die maar weer terug, pak twee bier voor me in en telt u het maar even op, alstublieft. Dus, zoals ik al zei, pikkedonker, geen ster, geen maan, geen streepje zilver boven ons Wenen. En daarom kan ook niemand van al die koekeloerders achter hun raam uiteindelijk weten hoe de zaak zich precies heeft afgespeeld. Koekeloeren doen de mensen zuiver en alleen uit kwaadaardigheid. Maar omdat kwaadaardigheid niet alleen nieuwsgierig maar ook blind maakt, zien ze alleen wat ze willen zien! Het staat in ieder geval vast dat hij zonder lastig te worden gevallen door de Gestapo of door zijn eigen geweten direct voor Hotel Metropol aan een van die grote vaandelmasten kon gaan staan rommelen. U kent ze wel: de drie hakenkruisbanieren die het halve plein verduisteren en altijd zo doordringend klapperen in de wind. De middelste heeft hij te grazen genomen. Gewoon het touw doorgesneden en het mooie hakenkruis van zijn stralende hoogte naar beneden getrokken en op de stoffige aarde laten vallen. Helemaal verkreukt en vies lag het daar, zoals het later werd gevonden, zonde van de mooie stof. Naar verluidt heeft hij toen een pakje uit zijn hemd tevoorschijn gehaald. Anderen beweren weer dat er nooit zo'n pakje is geweest en dat hij het corpus delicti gewoon onverpakt bij zich had. Als je het mij vraagt doen zulke bijzonderheden er niet toe voor het uiteindelijke resultaat. Het enige wat telt is wat er werkelijk gebeurde en dat is dit: het touw heeft hij doorgesneden, het Adolfkruis heeft hij in de viezigheid gegooid en in plaats daarvan heeft hij dat ding – al of niet uit een pakje – vastgeknoopt, opgetrokken en gehesen als de heilige vlag van het Morgenland. Daarna was hij weg. Als de bliksem. Dat hij nog naar de nachtelijke hemel gesalueerd zou hebben, beschouw ik als een gerucht, zo niet je reinste aangedikte grootspraak van een paar koekeloerders. In elk geval kwam de Gestapo pas aangerend toen het al licht was en dienovereenkomstig half Wenen vol leedvermaak had kunnen staan kletsen. En nu moet je je die gezichten van de stillen eens indenken! Bijna één en hetzelfde uit het veld geslagen gezicht. Want aan de middelste vlaggenmast helemaal bovenaan, beschenen door de eerste stralen van de ochtendzon, hing namelijk een broek. En wel een bruine herenbroek, met bandplooi, voor zover dat van onderen af dan te zien was. Die hing daar gewoon boven, een beetje verkreukt, een beetje puilend, verder smetteloos, dus eigenlijk onopvallend. Maar in iets onopvallends zit zoals bekend juist vaak ook iets schandaligs. En daarom waren daarbeneden ook meteen de poppen aan het dansen. Ze kregen allemaal ruzie met elkaar, de een stond tegen de ander te schreeuwen en van louter opwinding kwam het tamelijk lang niet in ze op om de broek naar beneden te halen. Maar toen er dan eindelijk eentje op het idee kwam aan het touw te trekken, gebeurde er echt iets bijzonders. Precies op dat moment stak namelijk de wind op. Een plotselinge windstoot, een windvlaag, een rukwind, of hoe je dat ook maar noemen wilt. In ieder geval bleef deze opeens opgestoken wind in de broek hangen en tilde die om zo te zeggen op. En nu kun je je natuurlijk indenken hoe de gezichten van de stillen zich toen ten slotte vertrokken in alle mogelijke varianten van stomme verbazing tot verbaasde stomheid. Want het was geen gewone broek. Het was in feite maar een halve. Een eenbenige broek was het. De andere broekspijp was ongeveer op kniehoogte afgesneden. De wind blies dus in deze eenbenige broek, precies op het moment dat ze hem naar beneden hadden willen halen. En toen speelde er zich voor ieders ogen inderdaad iets merkwaardigs af: een tijdje flapperde die broek een beetje, maar toen bleef hij opeens stilstaan, hing bijna horizontaal in de lucht. En heel even zag die bruine, gekreukte en al een beetje puilende broekspijp hoog in de hemel eruit als een wijsvinger. Als een reusachtige wijsvinger, die de mensen de weg wijst. Waar die dan naartoe zal hebben gewezen, blijft natuurlijk hooguit speculeren. In ieder geval weg, als je het mij vraagt, ver, ver weg. Zo, en doet u me een genoegen en geef me nog een reep chocola. Met nootjes. En betalen doe ik dan volgende keer wel, als het geen haast heeft. Heel vriendelijk dank, het beste ermee en tot ziens!'

De hele nacht lang had mevrouw Huchel wakker gelegen en naar de diepe duisternis tussen de plafondbalken boven haar liggen staren. Al in de loop van de vorige avond had een merkwaardige onrust bezit van haar genomen, een onpasselijkheid als een lichte koorts. Misschien zijn het al opvliegers, had ze gedacht, misschien is het nu zover. Ze was er vroeg in gegaan, maar de slaap wilde niet komen en zo lag ze dus in haar bed en staarde naar het duister boven haar en luisterde naar de stilte. De stilte in een vissershut, dacht ze, klinkt anders dan bijvoorbeeld de stilte in het bos. Of de winterse stilte onder de top van de Schafberg. Of de stilte die soms in je hart zit. Het geval met de vlotte toeristengids was snel een vergissing gebleken, niet meer dan een verwaaide illusie, en een paar dagen geleden was de herbergier weer opdringerig geworden. In de keuken van de herberg had hij zijn hand in haar nek gelegd en om meer gevraagd. Ook ditmaal had ze met de verzonnen Obersturmbannführer Graleitner gedreigd, maar de herbergier liet zich niet imponeren. Waarom we die meneer Graleitner nog nooit te zien hadden gekregen, had hij gevraagd en tegelijk zijn hand langzaam langs haar rug naar beneden laten glijden. In plaats van een antwoord had ze het grote beenmes uit de la getrokken en het schort van de plotseling verstijvende herbergier met één enkele, rustige haal van voren opengesneden, zodat het zich als een vuile voorhang had geopend en de brede lendenen van de herbergier zichtbaar waren geworden. Daarna had ze het mes in het houten keukenblad geramd en was gegaan. Nu zat ze weliswaar zonder werk, maar daar was ze helemaal niet zo ongelukkig mee. De lucht was warm, haar lichaam was warm en de uren kropen als trage schaduwen door de hut. Toen in het afzuiggat boven het fornuis de maan verscheen en de kamer vulde met zijn vale licht, legde ze haar rechterhand op haar hart en huilde. Een paar minuten lang vond ze vrede, maar toen nam de onrust weer bezit van haar en verdreef de laatste tranen. Buiten fladderde een vogel op uit het riet, sloeg hard met zijn vleugels tegen het water en lachte als een schor kind. In het raampje aan de kant van het meer verscheen het eerste vermoeden van ochtendlicht. Ze stond op en ging naar buiten. Op blote voeten liep ze naar het meer. Het gras was vochtig en koel. Over het wateroppervlak trokken grijze nevelsluiers en daarachter waren de contouren van de verre oever te zien. Lang bleef ze zo staan, liet haar voeten omspoelen door het water en zag hoe het meer langzaam met licht werd gevuld. Een school jonge zalmforellen glinsterde rond haar enkels, hoog boven haar zeilden aalscholvers voorbij en aan de overkant kwamen de drie grote hakenkruizen uit de nevel tevoorschijn. Franz' moeder voelde haar hart kloppen. Er liep een rillinkje over haar rug en hoewel het warm was, trilde ze. 'Jochie,' zei ze en ze sloot haar ogen. 'Jochie, waar ben je?'

Toen Franz wakker werd, moest hij lachen. Het was maar een korte lach die tegen het plafond kaatste, maar het leek hem alsof die lach daar uit elkaar zou barsten en over de oude bekleding alle kanten uit zou parelen. Hij knipperde en wreef in zijn ogen. Het was een korte nacht geweest. Bijna te kort om te dromen. Een paar droomflarden waren toch in hem verdwaald geraakt en glansden nu nog zwak ergens diep vanbinnen na. Snel pakte hij potlood en papier en schreef ze met vluchtige halen op. Hij kwam uit bed, kleedde zich aan en liep met het blaadje en een rol plakband de straat op. De dag was stralend aangebroken, de Währingerstraße lag in een zacht ochtendzonlicht en de eerste voorbijgangers op weg naar de binnenstad schoven lange schaduwen voor zich uit. Franz ging op zijn tenen staan, strekte zijn armen omhoog en gaapte. Zoals altijd was hij stipt op de openingstijd van de winkel wakker geworden. Een echte sigarenboer heeft geen wekker nodig, had Otto Trsnjek eens gezegd, en daarin had hij gelijk gehad. Franz begon het blaadje op de etalage te plakken. Een nieuwe droom, een nieuwe dag, dacht hij, en de ruiten moesten ook weer eens gezeemd worden. Achter zich hoorde hij het pruttelen van een dieselmotor aanzwellen. Vanaf de Votiefkerk kwam een ouderwetse, donkere auto dichterbij en stopte direct voor het sigarenzaakje. Drie mannen stapten uit, onder hen de ambtenaar met het mistroostige gezicht.

'We hadden al eens het genoegen, hè,' zei hij. 'Zullen we ons desondanks even voorstellen?' Franz schudde zijn hoofd. De mistroostige man haalde een sigarettenetui uit zijn jaszak, trok er een dunne cigarillo uit, stak hem aan en sloeg Franz gade, die met zijn tanden stroken plakband afscheurde en daarmee het blaadje zorgvuldig op de ruit vastzette. Onder de motorkap klonk een metalig gesputter. 'Nou ja,' zei een van de mannen treurig en hij veegde met zijn hand over het blik. 'Het wordt onze tijd.' De mistroostige man keek hem kwaad aan en hij zweeg. Achter hen hobbelde een vrouw op een logge fiets over het plaveisel en floot bij elke pedaalslag zachtjes tussen haar tanden. Aan de overkant van de straat ging een raam open, er verscheen een hand met een schaar die de bloem uit een geranium knipte. Die plofte op de vensterbank en viel vandaar neer op het trottoir, waar hij bleef liggen glanzen. De mistroostige man zuchtte, liet zijn cigarillo op de grond vallen en trapte hem uit. 'Dat de dagen in alle vroegte al zo lang moeten zijn,' zei hij met een vermoeid hoofdschudden. 'Mag ik u verzoeken?'

'Een ogenblikje nog,' verzocht Franz. Hij boog zich wat dichter naar het blaadje en plakte er geconcentreerd nog een strook overheen.

'Dat heeft toch geen zin meer, knul!' zei de mistroostige man.

'Wat zin heeft en wat niet, moet nog blijken,' zei Franz. 'Bovendien heet ik Franz. Franz Huchel uit Nußdorf am See!'

'Voor mijn part kun je ook Franz uit de Tiroolse bergen zijn,' zei de mistroostige man vriendelijk, 'of Hans uit Unterfladnitz of willekeurig wie van willekeurig waar. Wij maken daarin geen onderscheid. In Hotel Metropol zijn alle gasten gelijk. Dus gaan we nu of moet ik eerst chagrijnig worden?'

Franz scheurde twee laatste stroken van de rol en plakte ze dwars over het hele blaadje heen. Hij legde zijn vlakke hand erop en sloot zijn ogen. Het blaadje voelde warm aan en het was net of de ruit eronder ademde, een nauwelijks merkbaar rijzen en dalen onder zijn vlakke hand. Toen hij zijn ogen weer opendeed, zag hij dat zijn vingers trilden.

'Ik moet nog afsluiten,' zei hij. 'Want wie weet wat er gebeurt.' Hij deed de deur dicht en draaide de sleutel driemaal om. Toen hij tussen de mannen naar de auto liep, meende hij achter zich nog steeds het zachte geklingel van de klokjes te horen. Maar dat is immers flauwekul, dacht hij en hij stapte in.

Bijna zeven jaar later, op de ochtend van 12 maart 1945, hing er een merkwaardige stilte boven de stad. De nacht was als rook opgetrokken en had plaatsgemaakt voor een troebel schemerlicht. Op de radio was onweer aangekondigd en de wind wervelde het stof op in de straten en dreef losse krantenpagina's voor zich uit. Sinds een paar dagen waren er weer geruchten over nieuwe bombardementen te horen, iedereen had het erover, maar niemand wist er het fijne van. Wie niet beslist de straat op moest, bleef thuis of bracht zijn tijd door in bunkers of kelders.

's Nachts schemerde er hier en daar licht achter kelderramen in de onverlichte straten en wie zich bukte en door de doffe ruiten keek, zag de flakkerende gezichten van mensen die rond een paar kaarsen zwijgend zaten te kaarten. Op de Währingerstraße was zowat geen mens te bekennen. Op een bank zat een oude dame en strooide broodkruimels tussen de duiven die opgewonden voor haar voeten heen en weer trippelden. Duiven waren de enige vogels die in de parken en de straten nog te zien waren. Sinds de afgelopen herfst waren alle andere verdwenen. Op een vroege morgen hadden ze, als na een geheime oproep, grote zwermen gevormd en de stad in westelijke richting verlaten. De oude dame slaakte een kreet van schrik toen een van de vogels bijna op haar schoot fladderde. Ze liet het zakje met de rest van de kruimels in haar jaszak verdwijnen, krabbelde overeind en hompelde zachtjes foeterend naar de dichtstbijzijnde huisportiek. Vanaf de Gürtel kwam een jonge vrouw met snelle passen dichterbij. Ze liep met gebogen hoofd en haar handen diep in de zakken gestoken van een veel te grote mannenjas, die als een zak van haar schouders hing en tot over haar knieën reikte. Toen ze haar mond opende om de duiven, die om de laatste restjes voer streden, met gesis te verjagen, waren haar tanden eventjes te zien: klein en witglanzend als parels, met een ongewoon groot gat precies in het midden.

Anezka stak de straat over en bleef staan. Een kolenkar kwam haar tegemoet. Ervoor twee haflingers die de damp van hun adem voor zich uit snoven, en op de bok zat de kolenman. Zijn ogen keken dof en moe over de hoofden van de paarden heen, twee lichte vlekken in zijn zwarte gezicht. Met bolderend lawaai reed de wagen voorbij en Anezka keek hem na tot hij de Boltzmangasse insloeg en verdween. Ze liep langs het installatiebureau Veithammer en belandde na een paar passen voor de winkelpui van de voormalige Tabak Trsnjek. De verf bladderde van het kozijn van de winkeldeur en de winkelruit was met een fijne stoflaag bedekt. Anezka legde haar voorhoofd tegen het glas en tuurde naar binnen. De winkel was leeg met uitzondering van de oude toonbank, de wandrekken en het krukje dat als een dood dier met de poten omhoog midden op de vloer lag. De deur aan de achterkant stond op een kier, daarachter was het donker. Anezka legde haar handen en haar wang tegen de ruit en sloot haar ogen. Heel even had ze het gevoel dat de etalage, de winkel, de grond en de lucht vibreerden. Ze ademde tegen het glas en trok met haar wijsvinger langzaam twee strepen door de beslagen plek. Toen ze zich omdraaide om te gaan zag ze het blaadje naast de deur. Eigenlijk was het nog maar een vodje papier, vergeeld door de zon en bijna zwart aan de randen. De onderste helft ontbrak, was afgescheurd of in de loop der jaren gewoon losgeraakt. De rest had het alleen maar gehouden omdat er kriskras stroken plakband overheen waren geplakt. Anezka herkende het handschrift zonder het ooit eerder te hebben gezien. Het was verbleekt en onder de laag stof

nauwelijks nog te lezen, de letters waren klein en wankel, bijna als door een kinderhand neergekriebeld. Ze boog zich wat naar voren en las.

7 juni 1938
Het meer heeft ook al betere tijden gekend, de
geraniums glanzen in de nacht, maar het is immers een
vuur,
en gedanst wordt er toch altijd, het licht ver

De scheur liep midden door het laatste woord. Anezka haalde diep adem, daarna maakte ze behoedzaam het plakband los, vouwde het blaadje op en stopte het in haar jaszak. Nog eenmaal keek ze het sigarenzaakje in, maar er was niets. Ze tikte met haar vinger zachtjes tegen de ruit en vertrok. Toen ze langs de voormalige slagerij Roßhuber kwam, had ze weer het gevoel dat de lucht om haar heen vibreerde. Maar deze keer was het geen illusie, en toen ze ter hoogte van de Votiefkerk haar pas versnelde en ten slotte zo snel ze kon begon te hollen, was de hemel allang vol van het snel aanzwellend motorgeronk van de geallieerde eskaders bommenwerpers die als een reusachtige donkere zwerm vanuit het westen naderbij kwamen en de stad overschaduwden.